遺留的字句，
織成網——
接住擱淺的 你。

被你遺落的篇章

The Chapter Hidden in the Stars

紫稀——著

楔子　晨星出現的那天

「還不睡？」

「準備要睡了，但好像沒什麼睏意。」

「怎麼了？」

「太晚喝紅茶了。」

「妳唷……」

隔著螢幕，依舊能感受到他未減半分的無奈，令我不禁失笑。

「你先睡吧，我待會就睡。」我將枕頭靠著床頭櫃立起，打算滑一下手機醞釀睡意，「晚安唷，明天見。」

「如果還是睡不著，就打電話給我，知道嗎？」

「知道了。」

「嗯，晚安。」

知道是知道了，但半夜打電話把男朋友吵醒，這麼任性的事我是不可能做的。

本想著關燈後再多躺一會就會睡著了，可沒想到，我會因爲那一杯傍晚五點才喝的紅茶，失眠了一整夜。

天亮前，我趴在窗邊發呆，忽然在不遠處的天邊看見了一顆星星。我上網查了一下，發現日出前看見的最明亮的一顆星叫做晨星，也被稱爲啟明星。

我興奮地拍了一張照片傳給衍恆。

雖然在手機上看起來有點模糊，但隱隱約約還是能瞧見星星的光點。

因爲很期待他看到訊息後的反應，更期待一起從校門走進教室前的相處時間，我強迫自己躺回床上，那怕沒有睡意也要瞇個幾十分鐘，這樣期待的事很快就會到來了。

現在回想起來，或許一切的變化，就是從看見那顆晨星開始的。

當時的我並沒有意識到，我的世界即將因爲這一刻而徹底被顚覆。

第一章　只有我記得的世界

因爲失眠的關係，我錯過了第一個鬧鐘，比平時起得晚了一些。

我著急地換好衣服，在準備出門前，傳了訊息跟衍恆說我會晚五分鐘到。之前有一次我也晚起了，叫衍恆先進教室不要等我，結果當我氣喘吁吁地跑到校門時，卻見到他站在門口對我燦笑。

「不是跟你說我可能會遲到了嗎？你幹麼傻呼呼地站在這邊等呀？」

「一個人遲到多無聊，我要陪妳啊！這是男朋友的職責。」

我噗哧一笑，「遲到還有分無不無聊的嗎？」

「只有妳遲到，妳就要一個人做愛校服務欸。我怎麼可能放妳一個人？」衍恆理直氣壯地說。

這就是衍恆，那怕我勸過好幾次，他也堅持早上要和我一起從校門口走到教室。從此，只要可能會晚到，我都會先傳訊息跟他說，讓他先去附近的早餐店等我。

好不容易趕上公車，我才總算有時間看手機，卻發現衍恆一反常態地沒有讀訊息。平時，他幾乎都是秒讀秒回，而且也很少一整個早上都沒傳訊息給我。

儘管這並不是什麼嚴重的事，或許他只是一時沒空看手機，可就是有股莫名的不安在我的心底躁動。

「你怎麼都沒看訊息？睡過頭了嗎？」我又傳了一則訊息給他。

然而直至公車到站，我傳給衍恆的訊息，仍舊沒有顯示「已讀」。我撥了電話給他，想著要是他睡過頭了，正好叫他起床，但直到最後，電話都沒有被接聽。

自我們交往以來，我從未有過這種找不到他的情況。我有些心慌，低頭看了一眼手錶，發現已經快接近打鐘時間了，只好先快步越過校門。

我努力說服自己，衍恆可能只是睡得太熟了，手機也沒開鈴聲，才會聯繫不到他，沒必要太緊張。

走往教學大樓的路上，我都在思考該用什麼藉口幫衍恆請假，也擔心他是因爲身體不舒服才會睡過頭。

我心事重重地走進教室，沒想到竟然見到意想不到的一幕——衍恆早已坐在他的位子上，正和朋友們有說有笑地聊天。

我錯愕地看著他，他卻完全沒有注意到我，連一個眼神也沒有給我。本來想直接走過去詢問，但早自習的鐘聲卻在這時響起，我只好先走到自己的位子。

這一切都太反常了，難道衍恆忘記帶手機了？但以他的性格，如果沒辦法聯繫我，應該會在校門口或是走廊上等我啊。

我頻頻側過頭，看向坐在我左後方座位的衍恆，但他沒有看我，一次也沒有。

到底怎麼了？我惹他生氣了嗎？但昨天都還好好的啊。

抱著滿腹疑問，好不容易捱到了下課，我快步走向衍恆，「你忘記帶手機了嗎?怎麼沒回我訊息啊?」

衍恆先是環顧四周,接著抬起頭問道:「什麼?」

「你沒有讀訊息,也不接電話,我還以爲你今天要請假呢。你也不先跟我說一聲,害我在校門口等你。」我嬌嗔道。

衍恆微微蹙眉,「我聽不懂妳在說什麼。妳傳訊息給我幹麼?而且妳爲什麼要在校門口等我?」

我愣了愣,「我們不是約好每天一起進教室嗎?」

「誰跟妳約好了?」他看我的模樣,就好像我說了什麼莫名其妙的話。

我還想不明白衍恆爲何會有這樣的反應,他的好友沈伊弘就突然湊了過來,「你們兩個約好每天一起進教室?阿恆,偷偷談戀愛不說?」

「妳不要亂說好嗎?我跟妳又不熟,我有病嗎?」衍恆的臉色瞬間變得很難看,對著我厲聲說。

他從來不會對我說這種話,更沒對我這麼凶過,我被嚇到了,一時不知道該怎麼反應。

「吼,你這麼凶,她都要被你嚇哭了。」沈伊弘在旁邊訕笑道。

「我凶?她在那邊造謠,我還不能反駁?」衍恆睨了我一眼,臉上的表情十分不滿。

「我們過去幾個月明明都一起進教室,你爲什麼要否認?還這麼凶。」我委屈地說,伸手拉了拉衍恆的校服襯衫,「你不要惡作劇了好不好?很嚇人。」

衍恆甩開我的手，「妳不要鬧了！」

「喂，現在是在演哪一齣？」似乎連沈伊弘都看得出衍恆動怒了，出聲打斷我們的交談，「你們兩個到底有沒有約好？」

「沒有！」衍恆皺著眉反駁。

「有啊。」我不懂他爲什麼突然像是變了一個人似的，看我的眼神彷彿在看一個陌生人。

「韓可芮，妳幹麼非說你們有約好？妳和阿恆又不熟。」沈伊弘不解地問。

「因、因爲我們兩個在交往啊。」

高一下的時候，衍恆在校內的傳情活動上，公開向我告白，我們從那時開始交往，同年級的人幾乎都知道這件事。升上高二之後，因爲同班的關係，我們是班上的第一對班對，這本來就不是什麼祕密，我不知道沈伊弘爲什麼會這麼問，甚至說我和衍恆不熟。

聞言，沈伊弘詫異地張大了嘴，周遭其他同學也同時看了過來。

「夠了。」衍恆冷冷地說，「我不知道自己到底做了什麼，才讓妳產生誤會，但我和妳根本就不熟，都沒說過幾句話的兩個人有可能交往嗎？」

「不熟？沒說過幾句話？」我不可置信地看著他，「我們明明上個學期就在一起了！」

「我跟妳在一起幹麼？我喜歡的人根本就不是妳。」衍恆微微側過頭，視線瞥向我的右後方。

我百感交集，既因爲他莫名其妙否認我們正在交往而感到難堪，又因爲他親口說出已經不喜歡我而感到難過。

「你喜歡的人是誰？」我顫抖著雙唇問道。

「我喜歡楚漫晰並不是什麼祕密，大家都知道，我不信妳沒聽說過。」

楚漫晰是我們班的班花，更是公認的校花，喜歡她的人很多，但我從不知道衍恆居然也喜歡上她了。

我曾經故意問他「如果楚漫晰跟你表白，要你跟我分手，你會答應嗎」。當時他睨了我一眼，一副莫可奈何的模樣，回道：「知道我會怎麼回答，妳還問？」

「但那是楚漫晰欸！你不會猶豫嗎？」

「我跟她又不熟，要猶豫什麼？而且她哪有我家可芮可愛？」

「肉麻！」

至今，我還記得當時滿眼笑意，將我拉入懷中的衍恆，但此時此刻，他居然對我說，我們不熟、他喜歡的人一直是楚漫晰。

「鐘衍恆，你變心就算了，明明在跟我交往卻不敢承認，算什麼男人！」我忍著淚，憤怒地說。

「妳一直說我們在交往，證據呢？」

我拿出手機，打算讓他看看LINE對話紀錄，還有相簿裡的合照。交往後的每一天，我們之間的聯繫從不間斷，我的手機裡有很多證據，我就不信他看到之後還能繼續否認。

然而，當我點開我和衍恆的LINE聊天室時，竟然發現之前的對話紀錄統統消失了，只剩下早上我告訴他會晚點到、頻頻詢問他怎麼沒回應的訊息，以及好幾通未被回應的通話紀錄。儲存在我手機相簿裡的合照也全都不翼而飛，空得像是我們未曾一起拍過照片。

「我、我的手機怪怪的，LINE的對話紀錄和相片都不見了。」我驚慌失措地說。

衍恆輕笑一聲，「不是妳的對話紀錄不見，而是我們根本沒有對話過好嗎？我甚至都沒有妳的LINE，請問我們是要怎麼在LINE上聊天？」他點開班級群組裡，我的LINE聯絡資訊，畫面上的「加入好友」按鈕清楚地說明，他根本沒有加我的LINE。

「小弘，韓可芮說我和她上個學期的時候就開始交往，難道是我失憶忘了嗎？」衍恆看向沈伊弘，問這句話時的表情盡是嘲諷。

沈伊弘聳聳肩，「你那時候不就在追楚漫晰了嗎？還在傳情活動上高調表白，嘖嘖嘖，誰不知道你喜歡的人一直是楚漫晰？」

「聽到了嗎？不管妳是夢到還是有妄想症，都別再纏著我了。」衍恆又朝我身後看了一眼，這次我隨著他的視線轉頭向後看，才發現他是在看暫時離開座位的楚漫晰。

「我可不想讓楚漫晰誤會我公開追求她，卻在私下跟妳曖昧不清。」衍恆說完話，便叫上沈伊弘，一起走出教室。

我愣在原地，原本想哭的情緒，因爲過度驚愕而收了回去。

這時，我聽見一旁傳來同學們的議論聲。

「韓可芮之前就喜歡鐘衍恆了？」

「都開始產生他們正在交往的妄想了，這還能不喜歡？」

「會不會是鐘衍恆私底下跟她搞曖昧才讓她誤會啊？韓可芮這種乖乖牌，不像是會招惹鐘衍恆的類型。」

「拜託，鐘衍恆在追楚漫晰是公開的祕密，全校都知道好嗎？韓可芮這樣還能誤會，未免也太蠢！」

「而且鐘衍恆剛才的態度這麼差，怎麼看都不像是喜歡韓可芮的樣子。」

「她剛剛還堅持自己在和鐘衍恆交往……好可怕。」

「她不會眞的有妄想症吧？」

「還是韓可芮讀書讀到精神失常？」

這一刻，我突然意識到，不記得我和衍恆是情侶的人，不只是衍恆和沈伊弘。

或者該說，記得的，或許就只有我一個人。

我和衍恆的緣分始於一次火車上的突發狀況。

那是高一開學後不久，某次放學後的事。

由於搭三站就要下車，我不想在臨下車前才急急忙忙地擠到門邊，通常都會選擇站在車廂門邊的位置，看著外面飛逝而過的景色發呆。

當天火車上的人並不多，因此一抹不停動來動去的身影，便抓住了我的目光。

一個身著和我相同制服的女孩站在另一側的車門邊，整個人幾乎蜷縮在側邊的隔板上。

她身旁站著一個戴著鴨舌帽和口罩的男人，離她異常的近，幾乎快要靠到她身上，但車廂內沒有擁擠到需要離得這麼近。

我定睛一看，才發現那個男人的手正在女孩的腰側摩挲著，要不是看到她緊緊抿著的唇、看起來快哭了的表情，很容易誤以爲他們是情侶。

我不認爲被喜歡的人觸摸會是那樣的表情，就算他們認識好了，他的行爲也已經讓她感到很不舒服了。

但……萬一是我誤會了呢？

我環顧四周，發現也有其他人察覺異狀，卻沒有人上前制止。他們可能都和我一樣，怕因爲會錯意而引起糾紛。

掙扎了好久，我還是忘不了剛才看見的眼神，無法視若無睹就只好牙一咬，走上前抓住那個男人的手。

「住、住手好嗎？」我鼓足了勇氣才開口。

男人用力地甩開我的手，像是作賊心虛，衝我吼道：「妳幹麼！」

「車廂裡又不擠，你爲什麼要這麼靠近她？看不出來她很不舒服嗎？」我稍稍提高了音量，想掩飾因爲害怕而顫抖的聲音。

「我只是站在這裡而已，她不舒服關我屁事啊？」男人理直氣壯地說。

他居然還裝傻！

「只是站在這裡？我剛剛明明看到你的手……一、一直在摸她的腰！」

「放屁！妳沒有證據就不要胡說！」男人惡狠狠地瞪著我，「小妹妹，我看妳讀的也是不錯的學校，老師沒教妳，沒證據的指控就是誣陷嗎？」

我沒料到他的臉皮竟如此的厚！暗自懊悔沒有先錄影就貿然行事，但眼下這個情況，我也不想向這種爛人認輸。

「誰說我沒有證據？」我故作鎮定，舉起手機，「你剛才做的事，我都錄下來了。」

「幹！」男人臉色一變，忽然衝向我，試圖搶我的手機。

我大吃一驚，腦中一片空白，就在他快碰到我時，突然有一雙手將我拉到一旁。一個身穿我們學校制服的男孩，擋在我和那個變態中間，並踹了他一腳。

「對我們學校的女生動粗，你是找死嗎？」

男人一起身，馬上撲了過來，沒想到下一秒立刻吃了男孩一記過肩摔。

「喂，那邊那個綁馬尾的女生，按一下旁邊的對講機。」男孩懶洋洋地叫住一個他校的女同學。

「我、我嗎？」

「不然咧？叫車長啊，發什麼呆？」

「喔、喔！好。」

列車到站了，倒在地上的男人想奪門而出，立刻又被那個男孩制伏。

男孩痞痞地笑了，「你要是想再多摔幾次，我倒是不介意幫你。」

聞言，受制於他的男人不敢再動，可還沒等到車長過來，方才那個被性騷擾的女生就不見了。

「那個女生剛才趁亂跑下車了。」一旁幫忙按對講機的女同學好心地補充道。

在我和男孩面面相覷時，車長來了。

因爲受害者先行離開，沒有人能對那個變態提起告訴，他見狀，甚至不要臉地宣稱自己遭受不當暴力。幸好車廂內有不少人看見他方才出格的舉動，並紛紛站出來替我和制伏他的男生說話，才沒有讓他得逞。

待事情告一段落，天色已經黑了。我和那個男生疲憊地站在月臺上，安靜地等火車進站。

「喂。」他突然出聲。

「右！」我嚇了一跳，舉起手應了一聲。

男孩噗哧一笑，「又不是在點名，妳的手可以放下來了。」

「喔……」我的雙頰因爲窘迫而有些燥熱。

「妳叫什麼名字？」

「啊？」

他又笑了，「妳怎麼這麼容易被嚇到？不會嚇得連自己的名字都忘了吧？」

「才沒有！是你問得太突然了。」

「那我再問一次就不算突然了吧？」他莞爾一笑，「現在可以告訴我，妳叫什麼名字了嗎？」

「韓可芮。」我說。

「韓可芮。」他複誦了一次，像是想牢記似的，「韓可芮妳好，我是鐘衍恆。」

之後，我才知道這個痞痞的鐘衍恆，是我的隔壁班同學，也是我們學校大名鼎鼎的小霸王……或者該說打架王。

聽說，他曾經在後校門附近的巷子裡，一人撂倒了十幾個人，雖然臉上掛了彩，但和倒在地上扭傷、骨折的那些人相比，他幾乎可說是毫髮無傷。

因爲這個傳聞，常常會有別校的小混混來我們學校找他單挑，鐘衍恆因此打了幾次架，被記了幾支警告，成爲我們學校的傳奇人物。

雖然很會打架並不是什麼好形象，但因爲鐘衍恆高高瘦瘦的帥氣外型，校園小霸王的人設反而使他多了一票粉絲。

當然，也有很多人跟我一樣，聽到傳聞之後只覺得他很可怕。

不知爲何，自那天的火車突發事件之後，鐘衍恆便時常出現在我面前。

他和沈伊弘常常會倚在走廊上的牆邊聊天，每當我走出教室，他就會叫住我，和我打招呼，甚至會在放學後，跟著我走去火車站搭車。

有一次，我實在是受不了旁人探究的眼光，停下腳步，轉頭詢問鐘衍恆：「你一定要跟著我嗎？」

「我沒有跟著妳啊，我也要去火車站。」鐘衍恆擺出無辜的表情。

最好是每天都這麼剛好地走在我後面啦。我原本想吐槽，但一想到傳聞中，他跟別人打架時的狠勁，就有點害怕，最終癟了癟嘴什麼也沒說，扭頭繼續向前走。

「韓可芮。」

沒想到，鐘衍恆打破了一前一後的距離，一個箭步走到我身旁。

我往旁邊縮了縮，提心吊膽地問：「怎、怎麼了？」

「妳很怕我嗎？」他忽然笑了。

「有一點。」我直言道。

鐘衍恆「嘖」了一聲，「第一次覺得那個莫名其妙的謠言有點煩人。」

「啊？」

他沒有解釋，只是問：「那要怎樣妳才不會那麼怕我？」

「呃，不要看起來這麼凶？」

「我就長這個樣子吼。」鐘衍恆說這句話時，看起來有點委屈。

「那……你不要抓頭髮呢？」我以爲他是在爲自己的形象太過凶狠而感到困擾，便認眞地思考要怎麼樣才能讓他看起來平易近人一點。

「你喜歡有瀏海的男生喔？」

我愣了愣，「跟我喜不喜歡有什麼關係？」

鐘衍恆欲言又止，最後只是嘆了一口氣，什麼都沒說。

隔天在走廊上見到他時，我發現他本來總是用髮蠟抓上去的瀏海，此刻服貼地待在額前，看上去比以前多了一絲好學生的氣質。

看到建議起了效果，我不禁開心地笑了，卻見鐘衍恆因此愣住了。

他該不會以爲我在笑他吧？

我趕緊斂起笑，快步走進教室，不敢再和他對上眼。

那天放學，走往火車站的路上，鐘衍恆一反常態地沒跟在我身後，而是和我並排走。

我不解，但也不敢問，怕多問一句會惹他生氣。

「韓可芮。」鐘衍恆突然停下腳步。

「嗯？」我跟著停在原地，側頭望向他。

他猶豫了十秒，才開口澄清：「我其實沒有打趴十幾個人，那個傳言是假的。」

我沒想到他會提起這個話題，愣了幾秒才反應過來，「咦？但我聽說這件事是有目擊者的。」

「我只是經過，誰知道會有兩方人馬在那邊打架，還兩敗俱傷。」

「那你從巷子裡出來，臉上還帶著瘀青跟傷痕，這件事也是傳言嗎？」

「……是真的，但不是你們想的那樣。」鐘衍恆撓了撓頭，看起來很難爲情，

「我只是在巷子裡摔了一跤，誰知道隔天就傳出那麼荒唐的謠言，我要是說我是因爲跌倒才掛彩，不就太丟臉了嗎？」

「摔、摔跤？」

「嗯。」

「就這樣？」

「妳不要憋了，想笑就笑吧。」鐘衍恆無奈地說。

我終於忍不住，噗哧一聲，笑了出來。沒想到打架王的稱號由來，從頭到尾就是一場誤會，更沒想到鐘衍恆的性格竟是如此迷糊。

「那後來打架的事呢？你是眞的有被記警告吧？」我邊笑邊問。

「謠言流出去之後，時不時就會有別校的人說要跟我打一場，看誰才是眞的打架王……我知道聽起來很幼稚，我也覺得很白癡，所以妳別笑了吼。」鐘衍恆伸出手指，輕輕地推了一下我的額頭，「但有一件事是眞的，我確實滿會打架的。」

我的笑容僵住了，怕他下一秒就要揍我。

「妳知道我爲什麼會跟妳說這些嗎？」鐘衍恆認眞地看著我。

「不知道。」我不明白，他幹麼告訴我他的祕密？

「我想讓妳了解我。」

「爲什麼？」

「我不知道妳喜歡什麼類型的人，但我會努力成爲那樣的人。」鐘衍恆說出口的話很直接，臉上的笑容卻很靦腆，「因爲我對妳一見鍾情了，韓可芮。」

衍恆後來才告訴我，那天他出手幫我時，就看出來我根本沒有錄影了。

「我覺得妳滿笨的，明明怕得要死，整個人都在發抖，還硬是要幫一個素未謀面的陌生人，妳就沒想過會被發現妳根本沒錄影嗎？或是他惱羞成怒攻擊妳呢？」每次回想起那個場面，衍恆都會念我一次，千叮嚀、萬交代我不可以再做這麼危險的事，「我很好奇妳這麼做的原因，喜歡妳的善良，也喜歡妳的勇敢，越看越覺得這個女生很可愛。」

衍恆表達喜歡的方式總是很直接，或許這就是我喜歡他的原因，他的直率讓我很有安全感。

在一起後，我問他：「如果當時在火車上，見義勇為的人不是我，是別的女生，你也會喜歡她嗎？」

衍恆認眞地思考片刻，「很難說，但我想應該是不會吧。」

「什麼嘛！」我輕輕搥了他一拳。

「這根本是陷阱題啊。」他委屈地說，「我只能說，不管有沒有見義勇為這件事，我都會喜歡上妳。」

我的心底漾起甜蜜的感覺，但還是刻意板著臉，又問了一句：「為什麼？」

「因為妳是我喜歡的類型啊。」

衍恆眼裡的情意太過眞切，所以我未曾想過，要怎麼面對他不再喜歡我的那一天，更沒想過，當那一天到來時，他曾讓我最心動的特質，竟會成為一把傷害我的利刃。

他的喜歡很直接，但他的不喜歡也是。

儘管知道方才我和衍恆爭執的場面很尷尬，他的態度也很差，但我還是不願放棄，想再找他談一談。

我本來想傳訊息找他私下聊聊，又想起他根本沒加我的LINE，只好在午休的時候，硬著頭皮去找他。

我鼓起勇氣，在衍恆和沈伊弘準備下樓時攔住他，「衍恆，我們可以單獨聊一聊嗎？不需要太久，你只要給我五分鐘就好了！」

「怎麼？聊一聊之後又要宣稱我們在交往嗎？」衍恆的嘴角勾起了一抹嘲諷的笑，「我跟妳沒什麼好說的。」

說完話，他頭也不回地走向樓梯口。

他臉上的表情、說出口的話，都深深地刺痛了我。

我強忍著難受，想追上去再試著說服他，卻被沈伊弘攔住了。

「韓可芮，我不知道妳是受了什麼刺激，才要這樣纏著阿恆，但他很明顯就是對妳沒興趣，妳這樣緊追不捨，有什麼意思呢？」沈伊弘滿臉都寫著同情，看向我的眼神就像是在看一個瘋了的病人，「阿恆他是眞的很喜歡楚漫晰，我認識他很久了，第一次看他這麼喜歡一個人。他不想被楚漫晰誤會，所以妳就放過他，也放過妳自己吧！」

在今天之前，沈伊弘每次看到我，都會叫我「嫂子」。他跟衍恆確實是很要好的朋友，從前衍恆追求我時，沈伊弘總是會在一旁替我們製造獨處時機，並常常跟我說衍恆是多好的人，希望我能給衍恆一個機會。

可是現在，他卻叫我放過自己，也放過衍恆。

「我只能跟妳說，下一個人會更好，算我拜託妳，別再惹阿恆了。」沈伊弘笨拙地拍了拍我的肩，像是想要鼓勵我，接著才轉身跑向樓梯口。

沈伊弘也會撮合衍恆跟楚漫晰嗎？也會將從前因愛屋及烏而對我好的方式，統統套用到楚漫晰身上嗎？

不對，爲什麼我會用「從前」和「現在」形容眼前的狀況？

衍恆和沈伊弘，明顯都不記得我所記得的從前，在他們的記憶裡，衍恆喜歡的人一直都是楚漫晰，而不是我。

我的腦海裡，忽然湧現一個荒唐的想法，難道楚漫晰取代了我？

我試圖冷靜下來，整理目前的情況。早上沈伊弘說衍恆正在追求楚漫晰，意味著他們兩個人並不像我和衍恆一樣，在高一下學期時就開始交往。

那楚漫晰又是怎麼想的？她喜歡衍恆嗎？

我轉過身，準備先回教室，再想想該怎麼試探楚漫晰的態度。

「噢！」突然，我的腳被絆了一下，猝不及防地跌在地上。

跌倒時，我伸出手撐住自己，因此只有膝蓋重重地著地，不至於摔得太慘。

我抬起頭，看見三個陌生的女同學正睨著我。

「同學，走路要看路呀。」

她們完全沒有要扶我的意思，臉上掛著笑，但絕對不是友好的笑容。

我忍著自膝蓋傳來的劇痛，雙手撐著地板起身，不想讓她們繼續從高處譏笑我。

從她們明顯不符合服儀規範的穿著打扮，我大概能猜到她們的身分。

因爲那不實的傳言，衍恆多了一群崇拜他的粉絲，其中不乏一些眞的是小混混的高中生。

我和衍恆剛開始交往時，也曾被幾個不良少女找麻煩，衍恆得知後非常生氣，再三跟我保證會用不違反校規的方式處理後，便去找那些人談話，之後就再也沒有人欺負我了。

這種感覺還眞是久違了，可差別是，這次衍恆不會再爲我出頭了。

「喂，妳是啞巴嗎？」其中一個女生用力推了一下我的肩膀，「踢到人是不會道歉嗎？」

此刻，我不只覺得委屈、害怕，還覺得格外心酸。同樣的場景，我的英雄卻再也不會出現了，我只能自己勇敢面對。

「我沒有踢妳。」我的聲音不大，但語氣很堅定。

那個女生又推了我一下，挑釁地說：「我說妳有踢我，妳就是有。」

「妳們爲什麼要這樣？」明明我已經不是衍恆的女朋友了，爲什麼這些人還要來找碴？

她們互看一眼後，笑了出來。

「聽說妳有妄想症啊？纏著鐘衍恆，非要說他是妳的男朋友，那妳要不要先說說，妳爲什麼那樣對他？」

「妳騷擾他，我們這樣對妳，只是在伸張正義罷了。」

原來，這件事已經傳開了。我不知道該怎麼爲自己辯駁，只能咬著唇，任由無助的淚在眼眶中打轉。

「怎麼不說話了？聽說妳早上糾纏鐘衍恆的時候，聲音挺大的啊。」

她們又推了我一下，我一個踉蹌，差點再次跌倒，幸好一旁及時出現了一雙手扶住我。

我滿懷希望地側過頭，看到的卻不是我期待的那個人。

「學姐，這裡是二年級的教室，妳們是不是走錯樓層了呢？」楚漫晰柔聲說道。

我沒想到，幫我的居然是我此刻最不想見到的那個人。

「喲，這不是鐘衍恆心心念念的那個學妹嗎？」

「學姐好，我叫楚漫晰，是二年五班的副班長。」楚漫晰微微一笑，神色自若，「請問學姐找我們班同學有什麼事嗎？」

「怎麼？沒事不能找？」爲首的學姐雙手抱胸，瞪著楚漫晰。

「如果學姐沒有其他要說的話，那我先送她去健康中心了。順便提醒一下，剛才的動靜挺大的，或許已經有同學去通知教官了，若是教官等等上樓看到這副情景，對學姐來說應該不太好吧？」楚漫晰不卑不亢地說。

「妳！」爲首的學姐瞪大眼睛。

另一個學姐拉住她，壓低聲音對她說：「妳忘了鐘衍恆說過什麼嗎？楚漫晰不是我們惹得起的，走啦！」

她們幾個惡狠狠地瞪了我一眼，才趾高氣揚地離開。

「沒事吧？我陪妳去健康中心吧。」楚漫晰擔憂地看著我。

「不用了，剛才謝謝妳。」我努力擠出一個微笑，向她道謝。

「可是妳的膝蓋都紅了，應該很痛吧？」

我擺了擺手，婉拒道：「我眞的沒事。」

我的心情很複雜，此時此刻更是難以坦然地接受她的好意。

在今天之前，那些小混混口中惹不起的人，是韓可芮而不是楚漫晰；鐘衍恆保護的人，本來也是韓可芮，而不是楚漫晰。

見我一再拒絕，楚漫晰沒有繼續堅持，點點頭鬆開攙扶著我的手，轉身走向教室。

意識到她似乎是個好人後，我更難受了。剛才有不少人看見我被欺負，可楚漫晰卻是唯一一個挺身而出的人。

她看起來對我毫無敵意，可我卻只顧著認定她取代了我。

下午的打掃時間，平時和我比較熟的幾個女同學叫住了我。

「可芮，雖然不知道爲什麼妳會誤以爲自己在和鐘衍恆交往，但我眞誠地建議妳，不要再說這種話了，就算眞的是他做了什麼讓妳產生錯覺的事，妳也不要再提了，就讓這件事過去吧！」

我愣了愣，「什麼意思？」

她們對看了一眼，爲難地說：「妳早上那個樣子眞的很嚇人，而且鐘衍恆跟我們本來就不是同一個世界的人，不要有牽扯比較好。」

「所以……妳們眞的都不記得我和衍恆以前的事了嗎？」我不想放棄任何一絲希望，繼續追問。

果不其然，她們聽了之後，看著我的眼神除了困惑，開始多了一些害怕。

「妳跟鐘衍恆從沒有互動過，直到今天早上，妳……」

「可芮，妳還好嗎？妳是不是身體不舒服啊？」

另一個女生朝她使眼色，暗示她別再問了，「我們想說的就是這些，妳跟鐘衍恆眞的一點關係都沒有，但如果妳堅持……算了，我們走吧。」

「等等！」我在她們離開之前出聲呼喚，也在那瞬間看見她們臉上閃過的懼怕之色，「在妳們的印象中，鐘衍恆眞的是上個學期就開始追楚澫晰了嗎？」

她們點了點頭，接著逃也似地遠離我。

我知道她們在想什麼，她們一定覺得我是個怪人，甚至是個神經病。

放學時，我攔住同班好友，羅允欣。

「允欣，今天可以陪我一起走去車站嗎？」我拉了拉她的袖子，輕聲問道。平時，前往車站的那段路都有衍恆陪我，今天我格外不想一個人走，而且有件事我也想跟允欣確認。

允欣有點爲難地看向我，似乎想要拒絕，但最後還是點了頭。

一路上，她都沉默不語，直到我開口爲止。

「允欣，妳還記得我們認識的契機嗎？」

「嗯。」

「那妳還記得那天在火車上，衍恆幫我們教訓那個變態的事嗎？」我緊張地問，深怕就連我和衍恆初次見面的情景，都只存在我一個人的記憶中。

允欣安靜了很久，久到我以爲她沒聽見我的問題時，她才終於說：「記得。」

聽到她的回答，我忍不住鬆了一口氣。

我直到高二上開學的時候，才知道那天在火車上，我幫助的那個同校女生就是允欣。

「妳就是那天在火車上的女生！」我走進教室，見到她時，有些驚訝地道。我沒想到我們不僅同年級，再次見面時還成了同班同學，也算是滿有緣的。

她先是愣了數秒，接著像是想起了我是誰，神色也變得有點緊張。

我問她那一天怎麼默默地下車了，沒有留下來教訓那個變態。

「我那時候太害怕了，只想趕快離開現場，沒想那麼多。」她搖了搖頭，淡淡地說。

我意識到自己的行爲有些莽撞，沒有顧慮到受害者的感受，在她面前提起這件事，或許會勾起她不好的回憶。

「抱歉。」我眞誠地向她道歉。

「我才應該要覺得抱歉，當時沒有好好向妳道謝。」她朝我投以一抹微笑，「我是羅允欣，以後就是同班同學了，還請多多指教。」

那天火車上的突發狀況，不僅成爲我和衍恆之間的開始，同時也是我和允欣很快便成爲朋友的緣由。

「那當天……衍恆也有站出來保護我嗎？」我小心翼翼地向允欣確認。

「嗯，但後來我就下車了，不太清楚之後的事。」允欣抿著唇，猶豫了一會才接著開口，「可芮，妳今天怎麼了？爲什麼突然對鐘衍恆這麼執著，又說了很多奇怪的話。」

我不知道該怎麼向她解釋，我認知的現實，和大家記憶中的不一樣。我也怕她會像班上同學那樣，用奇怪的眼光看我，覺得我瘋了。

由於平時總和衍恆膩在一起的關係，我和允欣並不是那種時時刻刻都很黏對方、無話不談的好姐妹，但總歸是有火車上的淵源，她也的確是我在班上相對親近的朋友。

今天一整天我都因爲世界的異常而感到十分混亂，猶豫了好久仍不知道到底該不該將我經歷的變化告訴允欣。

但是轉念一想，既然我們是朋友，即使我說的話有點荒謬，我相信她還是會理解我，幫我想辦法。

「允欣……我記得的事好像和大家都不太一樣。明明在今天以前，我和衍恆是班對，可是一覺醒來之後，不只是他不記得，所有人都不記得了，我眞的不知道該怎麼辦。」

允欣看著我的眼神有點錯愕，似乎不知該如何反應，過了好久才對我說：「妳是不是最近壓力太大了？還是誤把今天早上作的夢當成現實了？」

「我沒有。」我無力地說。

「妳先別想這件事了，早點回家休息吧。」允欣擠出一個微笑，試著安撫我，「或許睡一覺起來，妳就會覺得好很多了。」

我沒有再繼續說下去，因爲我看得出來允欣並不相信我說的話。

她不相信也是正常的，這麼荒謬的事，有誰會相信呢？就連我都不知道該怎麼替自己辯駁，更不知道該如何證明只存在於我腦中的記憶。

睡前，我點開了我和衍恆的LINE聊天室，看著我今天早上傳給他的訊息，忍不住哭了出來。

明明昨天的這個時候，我們還在甜蜜地傳訊息、互道晚安，他還是屬於我的衍恆。

怎麼過了一天，一切都變了呢？

他對我的呵護，他的柔聲細語，我都歷歷在目，可是他什麼都不記得了。

太殘忍了。

前一晚才對我說喜歡的男朋友，今天就和我說他喜歡的一直是另一個人，這叫我怎麼接受？

允欣說，或許睡一覺起來就好了。她不知道，我比誰都還要希望，這一切只是個玩笑。

希望下一次睜眼時，所有的一切都恢復原狀。

鬧鐘還沒響，我就醒來了。

一睜開眼，我便拔下手機充電線，打開LINE想確認我和衍恆的聊天室。

我在內心不斷祈禱，希望能看到我們過往的對話紀錄，然而事與願違，聊天室徒留我單方面發出的訊息。

如同我此刻的處境，被獨自留在一個只有我記得的世界。

昨天的一切並不是夢，而是血淋淋的現實。我很想哭，但不管怎樣日子還是得繼續過，我只能認命地起床換衣服，準備上學。

一走進教室，我就感受到四周朝我投來的異樣視線。我低下頭，快步走向自己的座位，卻見到了一片狼籍。

有人用立可白在我的桌面寫上斗大的「愛說謊」、「神經病」和「我是花痴」，上頭還有用粉筆畫得亂七八糟的痕跡，抽屜裡的幾本教科書被撕得破爛不堪，就連椅子也被灑滿了不明液體。

我咬了咬唇，安靜地走到我的座位，開始清理。平時跟我要好的幾個女生都低著頭，沒有要來幫我的意思。

「韓可芮，昨天放學後有沒有去看精神科啊？」班上一個很崇拜衍恆的男生打趣地說。

我沒有理會他，下意識瞥向衍恆的位子，發現他還沒進教室後，便低下頭默默擦桌子。

「怎麼不說話？眞的撞壞腦子了？」可能是因爲被我無視而覺得尷尬，他再度開口時，話中帶了點挑釁意味。

「好笑嗎？」我放下抹布，冷冷地看著他。

就算在別人看來，我的行爲很詭異，可我也只造成了衍恆的困擾，又沒有對他們做什麼，憑什麼我要因此一而再、再而三地被嘲諷？

「怎麼？妳敢公開造謠妳跟鐘衍恆的關係，別人說幾句話都不行？」他雙手抱胸，鄙夷地睨著我。

跟他辯駁也只是讓旁人看笑話而已，於是我選擇沉默以對，不再和他對話。

「以前看她乖乖的，沒想到整天都在意淫鐘衍恆，眞是人不可貌相，嘖嘖嘖。」跟他要好的另一個男生也出聲，加入這場莫名其妙的撻伐。

「從沒看過妳跟鐘衍恆說話，妳還能妄想成是情侶，臭花痴。」

「你們是暗戀鐘衍恆嗎？我跟他之間的事，礙到你們了？」我的心情已經很差了，這兩個白目的同學還挑釁我，讓我忍無可忍地站出來回擊，「我沒有說謊，我跟鐘衍恆在高一的時候就認識了。」

「喔？又幻想出新故事了？」

「你們以前又沒有同班，怎麼會認識？」

「在夢裡認識？哈哈哈哈。」

我想起昨天跟允欣的對話。那怕我跟衍恆相戀的過去消失了，但至少我們相識的過程是眞實存在的，我只要證明這一點就好。

「某次在火車上，鐘衍恆曾經幫了我和允欣。」我怕允欣不想讓太多人知道個中緣由，沒有打算說出太多細節。

「喔？羅允欣，她說的是眞的嗎？」他們嘴角噙著嘲笑，轉頭問允欣。

「差點忘了她跟韓可芮是好朋友，她說的話能信嗎？」

突然被點名的允欣，臉色瞬間刷白，看起來有點驚慌。

「我、我不知道。」允欣含糊地說完後，迅速別過頭，看也沒看我一眼。

我突然明白了，這是她的懦弱。當我有困難需要她幫助時，她沒有爲我站出來的勇氣。

昨天中午我被學姐爲難時，她也沒有出來替我說話，後來也沒提起這件事，當時動靜挺大的，我不信在教室裡的她沒聽見。

昨天我太過慌張了，急著想確認她還記得那天在火車上發生的事，顧不上跟她闡述我的委屈，可她卻好像也不在乎我的心情。她從未關心過我爲什麼堅信這個大家聽起來有些荒謬的記憶，她只擔心我怪異的行爲會連累她。

認清這一點後，我有一種被澆了一頭冷水的感覺，那怕耳邊傳來了更多的嘲笑聲，於我而言也沒有允欣那一句否認要來得痛心。

同時，我也預見了自己接下來的處境只會變得更糟糕。

之後在學校的日子如我所料，迎接我的不是嘲笑和嘲諷，就是把我當成怪胎似地排擠或是無視。

從那一天起，允欣總是刻意迴避我。我原本想找她談談，再給這段友情一次機會，卻在某次經過她的座位時，看到她像是躲瘟神似地快步逃出教室。

我徹底心寒了。如果這是允欣的選擇，我尊重她，畢竟友情本來就是勉強不來的。

心愛之人在一夕之間忘了我，被朋友背棄，被眾人視爲異類，如此孤立無援的處境，令我開始懷疑自己是不是眞的產生了幻覺。

或許我跟衍恆之間的回憶和感情，眞的只是一場夢？

難道過往的種種都只發生在夢裡，現在的我只是醒了過來；又或者眼前殘酷的現實才是夢境，等我醒來一切就會恢復正常？

我不知道。我只能牢牢抱緊只有我擁有的記憶，每天安慰自己。

要是連我都忘了，就再也不會有人記得了。

因爲被排擠的關係，只要我待在教室裡，就得一直面對同學們的側目，和時不時的嘲笑、挑釁，導致我越來越不喜歡在教室裡的時光。

只有衍恆也在教室的時候，那些取笑我的人才會收斂一些，或許是怕不斷提起與他有關的話題會惹毛他吧。

有幾次我和衍恆對上眼時，看見他微微皺眉的樣子，讓我覺得他對我的態度不像之前那麼反感，神情似乎帶了點探究的意味。

可我還來不及高興，就見他很快地別開眼，後來，他甚至開始減少待在教室裡的時間，令我意識到他似乎是在躲我。

才剛燃起的希望立刻被澆熄，讓我覺得更加難受。一連被衍恆用冷漠的眼神和話語傷了幾次，我暫時沒了主動找他說話的心思，況且眼下的情況這麼複雜，我也不知道該和他說什麼才好。

最近午休，我都會拿著我的便當，躲到學校後校門附近的涼亭吃飯。

涼亭旁邊是校內一棟廢棄的舊大樓，聽說過陣子就會被拆掉，因此鮮少人會來這邊，正好適合我遠離人群，享受一段安靜、自在的時光。

我邊打開便當盒邊環顧四周，忽然想起和衍恆一起在教室裡吃飯、聊天的時光，不禁悲從中來，眼淚又不受控地流下。

有時候，我好希望就像他們說的那樣，是我病了才會產生這些妄想，美好的回憶都只是我的想像。總比現在這樣，清晰地體認到自己被整個世界拋下來得好。

我到底做錯了什麼，才要接受這樣的懲罰？

被喜歡的人呵護，被好朋友環繞，那些甜蜜又開心的日子，我分明都還記得，爲什麼世界會在一夕之間變了？

每天被寂寞籠罩著，我眞的覺得自己快要瘋了。

「同學，拜託妳別哭了。這裡這麼陰森，妳又哭得這麼凶，有一點嚇人。」身後突然傳來一道清冽又富有磁性的聲音，打斷我的抽泣聲。

一轉頭，我看見一個身材高䠷的男生，站在我身後盯著我看。

儘管他雙手插兜，隨意地站著，卻難掩優雅的氣質。

「你……你是誰？」我覺得他有點眼熟，卻想不起來他是誰，只是怔怔地問。

「我是任環翔。」他頷首微笑，態度雖然和善，卻又帶著一點距離感。

任環翔？好熟悉的名字，我好像在哪裡聽過……

「妳還好嗎？同……學妹。」他似乎看見了我襯衫上的學號，忽然改口，「發生什麼事了？跟朋友吵架？被同學欺負？」

見我遲遲沒有回話，他又補了一句：「我沒有別的意思，只是一連好幾天看到妳在這邊哭，也被妳嚇了好幾次，才會有點好奇。」

「抱歉，我不是故意的。」我抹了抹眼淚，趕緊道歉。

「我沒有要怪妳的意思，妳別誤會，妳就當是學長多管閒事好了。」任璟翔有些慌張地擺擺手，「我才應該要道歉，突然跟妳搭話，好像嚇到妳了。」

我看向任璟翔，努力地回想這張臉、這個名字令我感到熟悉的緣由，一時之間忘了要接話。

「怎麼又呆住了？」他笑了，伸出手在我眼前揮了揮。

「我只是覺得……學長你好像有點眼熟。」我喃喃地說。

任璟翔一怔，「妳……」

我想起來他是誰了！任璟翔是我們學校的風雲人物，和衍恆略帶負面色彩的出名原因不同，任璟翔是那種廣受眾人崇拜的正面形象。

他的校排名從未掉出年級前十，聽說他高一下學期高票當選班聯會主席，同時又因爲鋼琴彈得非常好，被推選爲管樂社社長，帶領學校管樂社參加了很多比賽，也贏得了不少獎項。

學校裡應該沒有人不認識他，只是我從沒見過他本人，才會一時之間認不出來。

「你就是那個任璟翔對嗎？前任班聯會主席，也是前任管樂社社長！」我驚呼道。

聞言，任璟翔回過神，忍不住笑了出來，「不然還有別的任璟翔嗎？」

「對吼。」不小心脫口而出的蠢話，讓我有點尷尬，不禁漲紅了臉。

任璟翔朝我走近，接著坐在離我最近的一張石椅上。

我們之間的距離不算遠，卻又不會太近，讓我不至於過度緊張。

「所以願意跟這個版本的任璟翔聊聊，妳爲什麼總是躲在這裡哭嗎？」

任璟翔臉上的笑容看起來十分溫暖，不愧是曾經的班聯會主席，那怕是面對一個陌生的學妹，他也會給予關心。

雖然現在的我的確很渴望這樣的溫暖，但也不敢就這麼向他傾吐心事。

即使傳說中的任璟翔學長既溫柔又可靠，也不代表他會相信那麼荒謬的事，我不需要再多一份嘲笑來證實一切都只是我的妄想。

「抱歉，可能是班聯會待久了的後遺症，總是想盡可能幫大家解決問題。」任璟翔面露歉疚，向我解釋道，「才說幾句話，就要妳跟一個陌生人聊心事，確實有點太突然了。」

「學長，謝謝你的好意。我聽說過不少你的事，知道你是一個很好的人，但有些事不用說就能料想到結果，我覺得沒有說的必要。」

「我沒有妳想的那麼好。」任璟翔搖了搖頭，莞爾道，「妳知道爲什麼我總是在午休時，自己待在這裡嗎？」

「爲什麼？」

「當一個大家眼中的好人、優秀的模範學生，有時候挺累的，所以我才想找一個地方躲起來，什麼也不當，就當任璟翔，那怕只是一小段時間也好。」

我有些訝異地看著任璟翔，沒想到他會對我如此坦承，把心裡話告訴我。

「我已經連著好幾天看到妳獨自一人待在這了，常常邊吃便當邊哭，好幾次都很想問妳，便當到底是多難吃，妳才會哭得這麼傷心。」

他幽默的話，讓我不禁笑了出來。

「我已經把我的心事跟妳說了，現在妳要不要說說看妳的呢？也幫學長解惑一下，否則我就要繼續好奇妳抱著便當哭的原因了耶。」任璟翔露出苦惱的表情，側過頭看著我，「反正我們也不認識，我連妳的名字都還不知道，也就是說我們的交友圈毫無交集。妳可以放心地把我當成樹洞，離開這座涼亭，誰也不會知道妳說過什麼。」

我可以相信他說的話嗎？

說實話，我也不知道，但心底有一個聲音告訴我，任璟翔是我可以相信的人。反正我在同年級的人眼裡已經是個瘋子，就算多了一個學長這麼想，那又如何？

深吸了一口氣，我緩緩地開口：「學長，你懂那種被重要的人遺忘的感受嗎？那種感覺，就像是被全世界拋棄一樣……」

任璟翔沒有回答我，但我想他知道我其實並不需要他的回答。

「某一天醒來，我的男朋友不記得我們相識相戀的經過，也不記得我們正在交往，甚至說他喜歡的人是另一個女生。更詭異的是，我們明明是班對，但周遭的同學都不記得這件事了……只有我一個人記得，就只有我。」回顧這段時間發生的事，令我不禁又開始覺得鼻酸，「他們都說我在說謊，說這一切都只是我的幻想。久而久之，我也開始懷疑，會不會他們才是對的？可是那些記憶太真實了，我忘不掉他對我的好、他曾經說過的每一句喜歡……」

淚水不受控制地奔湧而出，我哭得十分狼狽，斷斷續續地說著：「如果大家都忘了，為什麼只讓我一個人記得？讓我也忘記不就好了嗎？為什麼只有我記得這些事，只有我要因為這些回憶而感到痛苦？」

任璟翔平靜地聽我說，沒有打斷我，沒有安慰我，只是任我盡情傾訴。

「我知道……我說的每一句話聽起來都很荒唐……可是學長，我希望你不要跟大家一樣把我當成神經病，就算你真的這麼想好了，也不要讓我知道，好嗎？」

「我相信妳。」

我愣住了，沒想到他會這麼說。我揉了揉眼睛，直直望進任璟翔的眼底，他的神情很真摯，不像是在敷衍我，或是為了安慰我而撒謊。

「我相信妳，真的。」任璟翔又說了一次，彷彿怕我不相信他的話。

「為什麼？」我錯愕地問。

他似乎覺得我的問題很好笑，輕輕地勾起唇角，但很快又斂起笑，「因為妳看起來不像是在說謊啊。妳都為此哭了好幾天，一看就是很認真在煩惱的樣子，所以我相信妳腦中的那些回憶是真的。還有妳剛才說的，被重要的人遺忘，就像是被全世界拋棄的感覺……」

不過一瞬，我看見他若有所思的模樣。

任璟翔很快又勾起嘴角，堅定地說：「會說出這種話的人，怎麼可能是在說謊呢？」

認識任璟翔之後，我在學校的日子並沒有多大的改變，還是常常被欺負、被嘲笑，或是被他人避之唯恐不及。

唯一不同的是，我多了一個朋友，也多了一個樹洞般的存在。

每天午休，我都會和任璟翔一起在涼亭吃午餐。

他不厭其煩地聽我訴說我和衍恆的過去，替我保存被世界遺忘的記憶碎片。

任璟翔也會時不時跟我講一些他的小煩惱，像是師長和同學的期待有時會壓得他喘不過氣，他偶爾會覺得自己不能犯錯……這類他無法輕易向身邊人說的事。

不知道爲什麼，我總覺得他是爲了不讓我有單方面傾訴煩惱的感覺，想讓我安心地說下去，才硬是找話題。

在我看來，任璟翔並不如他說的，對於被期待、被崇拜感到疲倦，相反的，我甚至覺得他喜歡這樣。

儘管我不清楚他在想什麼，但無可否認的是，他的存在給了我很大的力量。

我不再向其他人提起過往的記憶，開始學著保護自己，也保護我和衍恆之間僅存的回憶——這是任璟翔教我的。

「我理解妳覺得很委屈，想說服身邊的人，但對於他們來說，妳記憶裡發生過的事從未存在過，也沒有人可以證明妳說的話。妳一直重提只會加深他人的誤解，也給對方質疑妳的機會，那何必說呢？讓那些記憶完好地保存在妳心中，總比連妳都開始懷疑它，甚至想要遺忘它來得好。」他說。

「學長，如果是你，也會選擇不說嗎？」

任璟翔沒有馬上回應，只是安靜地看著我。

我們的視線第一次這麼直接地交會，使我不禁暗自在心裡評論他的外貌。

雖然論五官，我還是覺得衍恆略勝一籌，但任璟翔就是自帶了一種隨興卻不失沉穩的氣質，讓人難以移開目光。

「如果是我，我不會說。」任璟翔輕聲開口，「我會將和她有關的一切藏在心底，不願意與任何人分享。」

我方才問的明明是個假設性問題，他的回答卻讓我覺得眞有這麼一個人存在。

我沒有多問，就算我的猜測是對的，任璟翔也說了他不會與別人分享，那麼我想尊重他，作爲他予以我信任的回報。

這天午休，廢棄舊大樓要進行消毒作業，我跟任璟翔被工友伯伯趕走。我不敢在別人看得見的地方和任璟翔走得太近，只好垂頭喪氣地拿著便當走回教學大樓。

我找了個沒有人的角落，安靜地吃完午餐後，起身準備回教室，卻在路過廁所時，被人用力地扯了一下外套後面的帽兜。

衣領勒住喉嚨，使我瞬間無法呼吸，往後踉蹌了幾步，跌坐在地。我猛拍著胸口，狂咳不止，流出生理性淚水。

我邊咳邊抬頭，發現扯我帽兒、故意讓我跌倒的始作俑者，是隔壁班的幾個小太妹。她們用蔑視的眼光瞪著我，很明顯就是故意的。

「韓可芮，妳連路都走不好了？」

「現在是午休時間，妳這麼大聲是想吵醒整層樓的人？」

「咳……妳……」我反駁的話，被咳嗽聲截成一個個無力的片段，「咳咳咳……妳們不拉我的帽兒，我怎麼會跌倒？」

「誰能證明是我們拉妳的？轉角的監視器正在維修，附近的同學也都沒看見。」她們的笑容裡是滿滿的惡意。

我順著她們的視線看向周圍，走廊上的人屈指可數，在和我對上眼的瞬間，他們全都快速別開了頭。

也是，誰會想爲了瘋瘋癲癲的韓可芮，得罪同年級幾個出名的惡霸呢？

不會有人來幫我的，所以我也不想和她們爭論下去。

我起身拍了拍制服上的灰塵，安靜地收拾散落在地的便當盒，心裡正因這幾個人這麼輕易地放過我而訝異時，就聽見她們的驚呼聲。

「天啊，韓可芮，妳居然還跑去訂製跟鐘衍恆同款的吊飾，也太變態了吧？」

她們撿起方才被我不小心甩在一旁的水壺，上面掛著我和衍恆交往滿一個月時，一起訂製的一款奶油膠吊飾。

訂製時，衍恆選擇了時鐘的圖案，代表鐘衍恆的「鐘」，我則是選了蛋包飯的圖案，因爲那是我最喜歡的食物。

當時衍恆還笑我，問我怎麼會選食物作爲情侶吊飾上的圖案。這個吊飾是世界上獨一無二的，我一直都把它掛在衍恆送我的水壺上，那怕物是人非也從未想過要拆下來。

「什麼意思？」我問。

「妳別裝傻，鐘衍恆的書包上一直掛著這個吊飾，妳一定是看到了才偷偷去買了一模一樣的。」

「好噁心，鐘衍恆要是知道，絕對會氣炸。」

「妳這樣跟變態私生飯有什麼兩樣？之後會不會去偷鐘衍恆的私人物品啊？」

對於她們的嘲笑聲，我置若罔聞，因爲此時此刻我在意的，是她們說的衍恆書包上的吊飾。

我忍不住喜極而泣。原來這個世界上，還有能證明我們相愛過的事物。

「妳、妳哭屁啊？騷擾人的是妳，妳有什麼好哭的？」

她們露出錯愕又憎惡的表情。

「趕快把這麼噁心的東西丟掉。」她邊說邊將我的吊飾從水壺上扯了下來。

「不要！」我大聲制止，我不能失去這個吊飾。

我著急地撲向她，想搶回吊飾，卻被另一個女生推倒在地。

「妳應該要感謝我幫妳把騷擾證據處理掉，不然要是被鐘衍恆看到，妳就完了。」她看出了我對吊飾的在意，唇角勾著惡劣的微笑，作勢要將吊飾丟下樓。

這裡是四樓，吊飾一旦被丟下去，絕對會四分五裂。

我狼狽地邊哭邊掙扎，推我的女生卻只是更用力地將我壓在地上。

我到底做錯了什麼？爲什麼她們要這樣對我？我只是想保留最後一點回憶，錯了嗎？

絕望之際，一隻手突然從她們身後拿走了吊飾。

在看清來人之後，她們的臉色瞬間刷白。

震驚的不只是她們，還有我。因爲，那個人是在場的所有人，都未曾想過會出手幫我的人。

「妳們鬧夠了沒？」衍恆冷著臉，厲聲問道。

「鐘衍恆？」她們倒抽了一口氣。

「是我，有什麼意見嗎？」衍恆勾起嘴角，似笑非笑地問。

「你、你爲什麼要幫韓可芮？你知道她有多變態嗎？她居然……」

「關妳們屁事？」衍恆雙手抱胸，回話的語氣一點也不客氣，「再讓我看到妳們刁難她，我不介意讓妳們知道我脾氣有多差。」

她們瞠大眼睛，視線在我和衍恆身上反覆地來來去去。

我錯愕地看著衍恆，沒想到他居然會出手幫我，甚至說出袒護我的話。

「看什麼看？還不快滾？」

衍恆一發話，她們幾個便悻悻然地離開現場。

「妳沒事吧？」衍恆蹲在我的面前，看著我的眼神裡盡是擔憂。

我仍處於驚嚇中，說不出話。

他直接伸手托住我的手肘，稍稍用力將我扶了起來，伸手拍了拍我制服袖口上的汙漬，神情如同過去那般溫柔，彷彿他這陣子對我的冷漠以及厭煩，全都是我的錯覺。

「衍……」

我想問他，是不是變回我認識的那個衍恆了，可我話還沒問出口，他就忽然露出疑惑不解的表情，看向自己的手。

「我在幹麼？」衍恆小聲地喃喃自語，下一秒，有些慌張地後退一步，「剛剛發生的事，妳全當沒發生過，知道嗎？」

我還來不及回答，他就轉身離開了，步伐快得像是逃跑似的。

所以衍恆沒有恢復記憶，只是瞬間做出了反常的行為嗎？可為什麼這短暫的反常，竟如此像我記憶中的他？

衍恆幫助我的事在同年級間傳開了，再也沒有人敢明目張膽地欺負我，我在學校的生活平靜了不少。

大家都百思不得其解，本應最討厭我的衍恆為什麼會護著我。

我其實也不明白，我想就連衍恆自己都不知道其中的原因吧。

衍恆最近時不時會朝我投來困惑的視線，一旦和我視線相交又會快速地別開眼，眼神中盡是掩不住的慌亂。

我開始偷偷觀察衍恆，想從他的言行中找出蛛絲馬跡。我發現衍恆雖然說他喜歡楚漫晰，也的確常常出現在有她的地方，但他的眼神，和當初看著我的樣子截然不同。

衍恆滿眼都是某個人的模樣，曾被他放在心尖上寵愛著的我，再清楚不過了。因此我更加難以理解，為何他和楚漫晰相處時總是意興闌珊，他不是篤定地表示自己喜歡她嗎？

楚漫晰婉拒他的協助時，他不會露出沮喪的表情，她對他禮貌一笑時，他也不曾因此欣喜若狂。

這麼冷靜的他，和從前追求我時判若兩人。

我不禁陷入迷惘，到底哪個才是眞正的衍恆？

於是，我決定主動出擊，以上次被他拿走的吊飾為由，約他在午休時見一面。

我無法用手機聯繫他，又怕當面詢問，他會當眾讓我難堪，只好趁著下課時間，偷偷將邀約紙條塞到他放在桌上的筆袋裡。

對於衍恆到底有沒有看到紙條、會不會來見我，我其實也沒把握，但我只能賭一把，早早就到操場附近的穿堂等他。

「哈啾！」一股寒意順風而來，我忍不住打了個噴嚏。

一件外套突然蓋在我的頭上，也遮住了我的視線。

我嚇得趕緊將外套扯下來，看見衍恆一臉不自在地站在我面前。

「怕冷不會帶外套？」

我低頭看著手上的外套，是我再熟悉不過的那件衍恆最常穿的外套。

「這是？」我怔怔地問。

「借妳的。」衍恆看起來有些彆扭，「怕妳感冒後傳染給我才借妳的，回教室就不准穿了，別害我又被說閒話，我不想跟妳扯上關係。」

殘留在外套上的溫度，因爲他的這句話頓時變得冰冷。

那怕這段時間，我已經被他傷了好多次，被當面撇清關係仍會令我難過。

「愣著幹麼？覺得冷就把外套穿上。」衍恆一邊說，一邊伸手拿走外套，披在我身上。

他的表情和話語都凶巴巴的，但手上的動作卻很溫柔，一如往昔。

我只要一吹風就很容易感冒，偏偏又時常忘記帶外套，衍恆因此養成了無論什麼季節，都會多帶一件外套的習慣。

「找我有什麼事？」

「上次你幫我拿回來的吊飾，可以還我嗎？」

他指了指披在我身上的外套，「在口袋裡。」

我有點訝異他居然一直放在身上，難道是在找機會還給我嗎？

「衍……鐘衍恆。」我將吊飾緊握在手裡，鼓足了勇氣叫他。

「幹麼？」

「你看過這個吊飾了嗎？」

「嗯。」

我很想問他知不知道爲什麼他的書包上，掛著跟我相似的吊飾，但我又怕這麼一問，會讓他意識到我和他使用的吊飾是情侶吊飾。

對現在的衍恆來說，我們不是戀人，我想，一旦他察覺，便會立刻感到厭惡，果斷丟掉吊飾。

「我不知道爲什麼我的書包上會掛著跟妳類似的吊飾，但如果因此害妳被找碴，我可以拿掉。」或許是見我久久不言，衍恆先開了口。

「不要！」我立刻回道，下一秒才擔心這樣顯得有些反應過度，只好盡力解釋，「我的意思是，你不需要這麼做。」

「妳確定？」他蹙眉。

「那不是什麼特別的吊飾，很多地方都能買到，你不用放在心上。」

這個吊飾是我們之間重要的回憶，我其實希望他能牢牢地記得吊飾、記得我，但我也怕他會起疑，甚至動了想丟掉吊飾的心思，只好說謊。

「好吧。」衍恆看起來相信了我的說詞，沒有再多問。

說完這件事，我一時半會也不知道該跟他說什麼，只好對他說：「謝謝你幫我拿回吊飾。你先回教室吧，我晚一點再回去，以免造成你的困擾。」

豈料，衍恆沒有離開，也沒有說話，微微歪著頭看我。

他幾度張口欲言，臉上浮現迷惘的神情。

「啊，外套！」我害怕他會說出我難以承受的話，拙劣地帶開話題，「我洗乾淨再還給你好了，謝謝你。」

衍恆收回視線，沒有再多說什麼，「嗯」了一聲就越過我，穿過穿堂走回教學大樓。

目送衍恆離去的背影，剛才的場景又在我腦中重播了一次。我忽然意識到，最近我所見到的衍恆，才是眞實的他。

那怕他忘記了與我有關的一切，他還是會下意識護著我，他的身體仍舊記得因我而養成的習慣。

我不知道發生在我身上的這些怪事究竟因何而起，也不知道未來會有多少困難等著我，但好不容易看見一絲希望的我，不想就這麼放棄衍恆，放棄我們之間的感情。

我相信，愛過的記憶沒有那麼容易消失。

我要想辦法釐清一切異樣，也要拉近我和衍恆的距離，讓他重新喜歡上我，或許到了那時候，他就會想起所有的事了。

如果他弄丟了我們的過去，那就由我來創造現在。

第二章　遺失的那一個章節

前陣子是高三模擬考的日子，在我強烈的要求下，我和任璟翔的午餐之約暫停了一週。

雖然他說沒必要暫停，但我覺得和升學這樣的人生大事相比，我的煩惱顯得沒那麼重要。我怕見了面我就會抓著他說個沒完沒了，才會堅持要等他的模擬考結束後再見面。

久違地和任璟翔一起吃飯，我迫不及待地開始補進度。

「妳的意思是，鐘衍恆潛意識是記得妳的？」聽完我近日的發現後，任璟翔很快給出了總結。

我用力地點頭，希望他能認同我的推論，「不覺得很奇怪嗎？現在的他明明很討厭我，卻又不自覺地保護我，對我露出溫柔的一面。如果過去的事從未發生，那他怎麼會有那些反應？」

「那他對楚漫晰呢？就算他真的像妳說的，只是忘記了和妳相戀的記憶，但你們之間，也只是過去式，現在的他喜歡的人是楚漫晰，這也是事實，不是嗎？」任璟翔蹙眉問道。

「我見過他喜歡一個人的樣子，我敢肯定他現在不是眞的喜歡楚漫晰。」

「但……」

「學長，我好不容易在黑暗的日子裡，看見了一線曙光，我也知道這些都只是我主觀的推斷，但我還是希望你能支持我。」我打斷任璟翔的話，努力對他擠出一抹微笑，「如果我不這麼想，我眞的要開始懷疑自己是不是瘋了，才會堅信沒有人記得的記憶。那怕這些線索可能只是海市蜃樓，我也想爲此努力看看，想告訴自己，我的堅持是有意義的。」

任璟翔沒有說話，安靜地凝視我。

我似乎從他的神情中，讀出了一絲難過的情緒，我不確定他是不是在替我卑微的堅持感到難過。

「好吧。」良久，任璟翔才終於開口。

「抱歉，對你提出這麼任性的要求。」我懷著歉意對他說，「你是唯一相信我的人，所以我格外需要你的支持。」

不知道爲什麼，我總覺得只要有他的支持，無論旁人怎麼嘲笑我，也都沒關係。

「嗯，我會支持妳的。之後不管受了什麼委屈，都可以隨時找我，我會聽妳說。」任璟翔朝我微微一笑，不知怎的，他的笑容看起來有點疲憊。

「學長，我好像提出了一個太過分的要求，如果因此讓你感到很困擾，你還是可以跟我說，眞的！」我突然有點害怕他會覺得我很煩，甚至開始像其他人那樣看待我。

「妳別多想。」任璟翔伸出手摸了摸我的頭，「我的臉色可能不是很好，但那是因爲最近課業壓力比較大，並不是因爲妳。」

被他碰到的那一瞬，我忽地失了神。這是他第一次觸碰我，也是我們認識以來，他第一次展現比較親近的舉止。

這個話題因此被帶了過去，我也錯過了探究藏在任璟翔眼底情緒的機會。

這天，輪到我和沈伊弘擔任值日生。

我獨自擦了三節課的黑板，才慢半拍地發現沈伊弘今天根本沒來上課。

班上同學大多把我當空氣，我不是很意外沒人跟我說這件事，也不期待有人會幫我或是調換值日順序。

午休時，我發現今天的廚餘桶特別重，還有很多需要回收的餐盒要處理，因此有些發愁。

我四處張望，想喊個人來幫忙，才後知後覺地想起，我已經不是那個從前同學們會樂於幫助的韓可芮了。

我苦笑，開始收拾餐盒，準備分兩趟處理。

這時，眼前忽然出現一雙手，拿走了我整理好的餐盒回收籃。

我抬頭，發現幫我的人是衍恆。

「小弘今天請假，我代替他吧。」衍恆解釋道。

他幫我的理由很合理，我還來不及想個客套的說詞婉拒，他已將回收籃抵在身側，空出的一隻手直接提起了廚餘桶。

「廚餘桶我拿就好。」我伸手想接，衍恆卻側過身避開。

「不用，又沒很重。」

我愣了愣，「那我要做什麼？」

「這麼想拿，妳就拿那個。」衍恆揚起下巴，指向講臺上裝著橡皮筋的塑膠袋。

「……那個能有什麼重量？」

他不理我，逕自走出教室，我只好拿起塑膠袋，趕緊跟上他。

我們沉默地下樓，和從前無話不談的模樣形成強烈對比。

我有些侷促，伸出手想跟他一起提回收籃，可他不願意，叫我拿塑膠袋就好。這是他略顯彆扭的體貼，發現這一點後，我很是欣喜。

到了資源回收場，衍恆一個人做完了所有事，他將餐盒放好，倒廚餘，把廚餘桶沖乾淨。

站在一旁看著他做事時，我不禁好奇，如果和沈伊弘一起當值日生的人不是我，他還會做這些事嗎？

回程的路上，我鼓起勇氣叫住他：「鐘衍恆。」

「幹麼？」衍恆的語氣雖然有點凶，卻還是停下了腳步，專心聽我說話。

「我知道之前是我造成了你的困擾，你可能因此很討厭我，但你可不可以給我一次機會？好好地認識我是怎麼樣的人。」我緊張地說，深怕這些話會讓他對我更加反感，「我的意思當然是作爲朋友的那種認識，或是只把我當同學看待也沒關係，我只是希望你不要那麼討厭我。」

衍恆安靜了好一會，在我幾乎以爲他要拒絕我時，他才開口道：「妳之前……」

「嗯？」

他似乎在斟酌用詞，又頓了幾秒，「爲什麼要堅稱我和妳曾經在一起過？」

我一怔，沒料到衍恆竟主動提起這個話題。

不是曾經在一起，在我的記憶裡，我們一直沒有分開。

我知道，不能在他好不容易願意和我聊這件事時，強迫他接受只有我記得的過往。如果要讓他放下對我的防備心，我應該要把之前的所作所爲，都解釋爲誤會。

可是，此時此刻的我，卻任性地不願否認那些過去。

「因爲我忘不掉。」我努力朝他投以微笑，想藏好所有的難過和失落。有時候，我眞希望我跟他一樣把一切都忘了，這樣我就不需要獨自承受被遺忘的痛苦。

慶幸的是，聽到我的回答後，衍恆看著我的眼神裡沒有透露出反感。

「我不是討厭妳，我只是……不知道該怎麼看待妳。」他皺著眉，臉上的表情看起來像在思考些什麼，「一開始，妳莫名其妙的說法，讓我覺得妳很不可理喻，我應該要很討厭妳，但……我好像做不到。」

衍恆丟下了這些話，接著便逃也似地逕自向前走。

過了十秒，我才聽懂他的話。他是在回覆我前面說過的話，儘管沒有直接答應我希望他能好好認識我的請求，卻也沒有拒絕。

最重要的是，衍恆說他不討厭我。

那怕他無法理解我的言行，那怕就他的立場厭惡我也是可理解的，但是他沒有討厭我。

我的嘴角無法控制地揚起，開心地小跑著跟上他的腳步。

因爲這場午休時間的談話，我難以壓抑好心情，正想傳訊息和任璟翔分享時，卻忽然看見一則奇怪的訊息。

「想知道鐘衍恆爲什麼會忘記妳嗎？」

訊息來自一串陌生的電話號碼，發送時間是半小時前。

許是見我遲遲未回覆，對方又傳來一則訊息：「不只是鐘衍恆，所有人都遺忘了的原因，我也知道。」

這個人知道在我身上發生了什麼事！

「你是誰？」在回覆訊息的時候，我的心跳也逐漸加快。這段時間以來的不解和怨懟，似乎即將找到解答。

「關於妳想知道的一切，都放在圖書館裡了。」

對方沒有回答我的問題，只是自說自話。

「什麼意思？」

「二月二十三號。」

收到這則訊息之後，無論我問什麼、說什麼，那個人都沒有再回覆我了。眞是莫名其妙，爲什麼不直接告訴我？

一整個下午我都坐立難安，好不容易捱到放學時間，我立刻奔向圖書館，擔心再晚一步，線索便會消失。

「噢！」在圖書館門口，我差點撞上一個人。

「小心。」

定睛一看，我才發現他是我們班的班長，鄭宇淮。

我匆匆道了歉便快步進入圖書館。傳訊息給我的人說，我想知道的事都在圖書館裡，又給了二月二十三號的線索。

對於這個日期，我最先想到的，就是當天的借還書紀錄。

於是我氣喘吁吁地跑到服務臺前，對著今天擔任志工的學生說：「同學，可以請妳幫我一個忙嗎？」

她抬起頭，一看到我，瞬間臉色大變，顯然知道我是誰，連忙擺擺手，像是要拒絕我的樣子。

「拜託！」我雙手合十，急得都快哭了，「我只是想請妳幫我查二月二十三號的借還書紀錄而已，求求妳！」

「我、我不是很方……」

「學妹，妳就幫幫她吧？調閱紀錄也不是很困難的事。」一道熟悉的聲音出現在我身後。

我回過頭，就見到微微偏著頭，正對我微笑的任璟翔。

「學長，借還書紀錄也不是說調就調的吧？萬一被老師發現了怎麼辦？」

那個女生一見到任璟翔，表情立刻就變了，眼神中難掩欣喜。

「我會負責跟老師解釋的，妳就當是幫學長一個忙吧？嗯？」

他用低沉的嗓音說了「嗯」，又用懇切的眼神看著對方，我不信有人能拒絕他的請求。我忍不住懷疑這是任璟翔的小心機。

「好啦。」果不其然，她很快就投降了，嘆著氣印了一份紀錄給他，「學長，這樣你欠我一次喔。」

任璟翔彎眼一笑，「謝啦，學妹。」

等走到離櫃臺有一點距離的地方後，我沒忍住，調侃他：「學長，你剛才是故意的嗎？」

「什麼？」

「對人家放電啊！又叫『學妹』，又像是在撒嬌似地『嗯』了一聲。」我瞇著眼道。

任璟翔頓了一下，接著突然笑了，「我平常不也都叫妳學妹嗎？」

這下換我愣住了，不知道該說什麼。

「還是妳是想說，以後我只能叫妳一個人學妹？」任璟翔雙手插兜，眼神帶了幾分玩味，「嗯？」

「我、我不是……」我慌亂地揮著手，支支吾吾地說。

「妳說的像是在撒嬌的『嗯』，是這種語氣嗎？」任璟翔很快又換上了一派輕鬆的表情，笑著說。

「啊？」

「如果是的話，那不是撒嬌，我也沒有在放電。」他一臉無辜地說。

我緊張的情緒總算消散了一些，「我只是在開玩笑啦，沒有別的意思。」

「我也是啊。」任璟翔自然地接話，「剛才看妳那麼著急，才想讓妳放鬆心情。所以，妳爲什麼急著要看借還書紀錄？」

被他這麼一說，我才猛然想起眼下最急迫的事。

「學長，那份借還書紀錄可以給我嗎？我有點急事。」

任璟翔將紙張遞給我，問道：「妳要找什麼書嗎？需不需要我幫忙？」

我仔細一看，發現二月二十三號的借還書紀錄有三十多筆，一本一本找不知道得花多少時間，但我好像也別無選擇。

「學妹？」任璟翔又喚了我一聲。

我回過神，解釋道：「我收到一則訊息，有人告訴我，大家遺忘一切的原因就在圖書館裡，還給了我一個提示——二月二十三號，我猜應該是跟當天借還書的紀錄有關。」

「爲什麼是二月二十三號？」

對喔？爲什麼是二月二十三號？

「這個日子代表了什麼，妳有印象嗎？」任璟翔又問。

我剛剛太著急了，完全沒有多想，現在被他這麼一問，突然覺得二月二十三號這個日期很熟悉。

我似乎，忘記了什麼事。

我頓時有些混亂，同時又想起，這週圖書館都會提早閉館。我甩了甩頭，「沒有……我想不起來，或許我可以一本一本書找，看看書裡有沒有什麼線索。」

任璟翔突然低下頭湊近我，看著我手上的借還書紀錄，把我嚇了一跳。

「抱歉。」他注意到我的反應，稍稍向後退了一步，「一本一本慢慢找太花時間了，如果閉館前沒找到，我擔心館員待會在整理的時候，會不小心拿走。」

「那怎麼辦？我也沒辦法借走紀錄上所有的書啊。」我著急地說。

「妳先不要慌張，我認爲對方不會無緣無故給出二月二十三號這個日期。如果妳一時想不起它代表的意義，那就看看這份紀錄上有沒有什麼特別之處，我們先從妳感覺不太對勁的地方開始找起。」

任璟翔沉穩的話語，讓我急躁的心瞬間冷靜了下來。

我按照他說的，仔細地查看每一本書的資訊，想從中找出蛛絲馬跡。

突然，我注意到上面有一個十分眼熟的名字。

如果剛才在圖書館門口碰到鄭宇淮只是巧合，那現在他的名字出現在這份紀錄裡也是巧合嗎？

在我的印象中，鄭宇淮和衍恆的關係滿好的，雖然他不像沈伊弘那樣，總是和衍恆待在一起，但衍恆有和我說過，鄭宇淮和他很久以前就認識了。

不知爲何，作爲衍恆的女朋友，我和鄭宇淮卻一直不太熟。

一股異樣的感覺，在我心底油然而生。直覺告訴我，他的名字出現在這份紀錄裡，或許不是巧合。

「他是跟我同班的同學，而且我剛剛在圖書館門口看到他。」我指著鄭宇淮的借書紀錄，對任璟翔說。

「上面寫著書籍的放置位置，是在三樓的翻譯文學區，我們去三樓看看吧。」

「萬一只是巧合呢？他剛好在二月二十三號借書，剛才又剛好出現在圖書館門口。」我雖然跟上了任璟翔的腳步，但還是有點猶疑。

「妳覺得這個世界上有那麼多巧合嗎？」任璟翔回頭看向我，微笑說道，「我相信妳的直覺。」

我們快步走到三樓，發現整個翻譯文學區共占了五排書櫃，便決定要分頭找書。

「學妹，這邊！」過了五分鐘，任璟翔喚了我一聲。

我趕緊跑向他，順著他手指的方向，看見了那一本《愛因斯坦的夢》，以及在那一層書架右下角寫著的「20-3」。

我踮起腳，試圖將書抽出來，卻因爲重心不穩而踉蹌了一下。

「小心！」任璟翔穩穩地扶住了我。

頃刻之間，我竟分不清有些淩亂的心跳聲是因爲差點跌倒，還是因爲猝不及防被拉近的距離。

「謝、謝謝。」我趕緊站穩，自然地退開，「我沒事了。」

任璟翔臉上的表情似笑非笑的，「我幫妳拿吧？」

我怕又出糗，因此沒有拒絕他的幫助。

他伸出手，將書本抽出來的那一刻，有一個牛皮紙袋忽然掉了下來。

我愣了一下，接著便意識到，這本書只不過是爲了引導我找到這個牛皮紙袋。

我敢肯定，紙袋裡裝著的，就是我想知道的一切。

任璟翔蹲下替我撿起牛皮紙袋後，將紙袋遞給我。我這才發現，我的手竟因爲緊張而不自覺地顫抖著。

「需要留一點空間給妳嗎？」任璟翔貼心地問。

我仰起頭，看向他溫和有禮的笑容，輕輕地點了點頭。

「我在附近晃晃，有什麼事就叫我。」語畢，他如約離開。

我深吸了一口氣，鼓足勇氣，打開牛皮紙袋。裡面放著一疊文件，一將文件抽出來，我便看見最上方斗大的標題：《予以暗夜的晨星》。

放學後，韓可芮一如往常搭上了六點十分的區間車。

她望著車窗外的景色發呆，餘光忽然瞥見一抹異樣的身影。

她側過頭，看見一名同校的陌生女孩，以及在她身旁形跡可疑的男子。

從女孩明顯感到困擾的表情，和不斷嘗試挪動站位的動作，韓可芮猜測她應該是遇上了騷擾事件。

韓可芮的內心十分掙扎，她擔心上前詢問會惹禍上身，又無法對孤立無援的女孩坐視不管。

更重要的是，她看不慣那個男人囂張的神情，他明顯是認爲旁人會因爲不想惹麻煩而視而不見，才會如此無法無天！

猶豫再三，她還是鼓起勇氣，走上前制止男人：「住、住手好嗎？」

周遭的目光頓時集中在三人身上，韓可芮很害怕，卻也明白此刻沒有退縮的餘地。

「妳幹麼？」男人惱羞成怒地甩開韓可芮的手，大聲吼道。

「車廂裡又不擠，你爲什麼要貼她貼得這麼近？看不出來她很不舒服嗎？」爲了掩飾害怕，韓可芮也加大了音量。

這時，方才站在另一側車門邊的鐘衍恆，也注意到了騷動。他看見韓可芮一隻手緊緊捏著衣角，整個人都在發抖。

「誰說我沒有證據？你剛才做的事，我都錄下來了。」韓可芮的身體抖得更厲害了，卻仍倔強地高舉著手機和男人對峙。

一看就是在騙人，鐘衍恆在心裡咕噥著。

霎時，男人臉色一變，衝向韓可芮，想搶走她的手機。

鐘衍恆還來不及多想，身體已經替他做了決定，衝向前將韓可芮護在身後。

他其實不認識這個女生，也不了解事情的經過，他只知道自己絕不容許任何人動她一根寒毛。

鐘衍恆幫韓可芮制伏了男人，而那名被騷擾的女同學羅允欣，因爲害怕，趁著現場亂成一團的時候，悄悄地離開。

男人本想藉機誣陷鐘衍恆對自己使用暴力，幸虧車廂內的其他人站出來釐清了事實，才沒讓他得逞。

待韓可芮和鐘衍恆從車長室出來時，天色已經暗了。

兩人沉默地站在月臺邊等車時，鐘衍恆注意到韓可芮一臉失落的樣子，明顯是在爲了不能將變態繩之以法而感到難過。

他突然覺得，這個女生好像滿可愛的。

列車還有五分鐘進站，如果現在不和她搭話，待會上車之後還會有機會嗎？

鐘衍恆不想錯失認識她的良機。

「喂。」他本想用輕鬆一點的態度拉近距離，但她卻因此被嚇到了，這個開場令鐘衍恆有點懊惱。

同時，她因爲困窘而染上一抹紅暈的臉頰，也令他失了神。

「妳叫什麼名字？」鐘衍恆小心翼翼地問，深怕會把她嚇跑了。

「啊？」

他想忍住笑，卻失敗了，「妳怎麼這麼容易被嚇到？不會嚇得連自己的名字都忘了吧？」

「才沒有！是你問得太突然了。」韓可芮有些不服氣地回道。

「那我再問一次就不算突然了吧？」鐘衍恆笑了笑，想掩飾此時此刻的緊張，「現在可以告訴我，妳叫什麼名字了嗎？」

她眨了眨眼睛，緩緩開口：「韓可芮。」

「韓可芮。」他下意識跟著念了一次，想把這個名字牢牢地記在心上。

「韓可芮妳好，我是鐘衍恆。」

可以的話，鐘衍恆希望韓可芮也能記得他的名字。

然而，他更希望有朝一日，這個名字能被印在她的心底。

放下剛讀了幾頁的文件，我震驚得不知該如何反應。

這是什麼？爲什麼上面會有我跟衍恆的名字？甚至連允欣的名字都有。

難道那天在火車上，有人看到了我們相識的一幕，將其記錄了下來？

但如果只是旁人的記錄，爲什麼裡面會寫到我們的心情？

我無從考究這個人是知曉衍恆的心情，還是全憑想像，可是他怎麼樣都不可能知道我在想什麼啊！

我再次翻開文件，重讀了一次那句令我起雞皮疙瘩的話。

更重要的是，她看不慣那個男人囂張的神情，他明顯是認爲旁人會因爲不想惹麻煩而視而不見，才會如此無法無天！

這個人怎麼可能知道我內心最眞實的想法？

比起幫助同學這種聽起來十分善良的理由，當初的我確實更想教訓那個變態，但就連衍恆都不知道我眞實的動機，這個人又是如何得知我從未說出口的想法？

我頓時感到有點害怕，不知道這份文件究竟想告訴我什麼，可我別無選擇，只能繼續讀。

接著翻了好幾頁，我發現手上這份文件，好像是一部小說的原稿。

這似乎是一部，以我和衍恆爲主角的小說，作者詳細地描寫了我們從相識到相戀的過程。

只有我知道的那段記憶，彷彿，被鎖進這份原稿裡。

忽然，有一張紙掉了下來，我慌忙地從地上撿起，才注意到這張紙並非是稿件，而是一封信。

是給我的信。

韓可芮：

當妳讀到這封信的時候，應該猜到是怎麼一回事了吧？

無論是妳還是鐘衍恆，都只是《予以暗夜的晨星》中的一個角色。

而我，則是創造出你們的作者，也是這個世界的神。

我原本只是想寫一部簡單的愛情小說，也就是妳現在讀到的這份原稿，但有一天，我突然覺得像妳這樣的角色設定很老套也很無聊。

這年頭還有誰想看傻白甜女主角啊？

所以我愉快地決定，不讓妳繼續當女主角了。

我要改寫故事大綱，重啟這個故事。

楚漫晰這個角色比妳有趣許多，而且我覺得她看起來比較順眼。（我是作者我任性，高興怎麼寫就怎麼寫，哈！）

本來想把妳改成某個路人甲，或是直接刪掉妳這個角色，但我想了想，最後決定給妳一個改變故事的機會。

我想知道，像妳這種性格的角色，在面對眾叛親離時，會有什麼樣的反應，還能維持這種無聊又蠢到不行的人物設定嗎？

於是，我修改了所有人的記憶，唯獨保留妳的。

只要妳能查明我的眞實身分，我就會重寫整個故事，把妳熟知的世界還給妳。

這就是我要給妳的機會。

這、這是惡作劇吧？

他的意思是我所處的世界只是一個故事，而我只是故事中的人物？

怎麼可能？我有自己的喜怒哀樂，也有從小到大的所有記憶，這明明是我的人生，不可能只是一個故事！

而且這個人的語氣也太討厭了吧？把我形容得一文不值，就好像我的存在只是爲了取悅他似的，眞把自己當成神了？

我不願相信這封信上所寫的事，但心中卻仍有存疑，因爲這封信恰恰能解答近日發生在我身上的所有怪事，也能解釋爲什麼《予以暗夜的晨星》裡，會清楚記錄著我和衍恆之間的過往。

如果我和衍恆都只是作者創作出來的角色，那他當然會知道我們心中不爲人知的想法……等等！我怎麼不知不覺被這個怪人的說法影響，相信自己眞的身處於故事之中了呢？

我用力地搖頭，想趕跑這個不切實際的想法。

我又翻開了稿件，反覆讀了好幾遍，可是看著看著，我卻漸漸開始相信這封信上的內容了。

稿件裡的細節和我先前所經歷的現實高度重合，鉅細靡遺到我不得不相信，自己眞的只是被創造出來的角色。

只有這樣才能說明，爲什麼一覺醒來，衍恆就忘了我，堅稱他喜歡的人一直是楚漫晰，而所有人也在同一時間忘記我和衍恆的過往。

作者更換了女主角，作爲男主角的衍恆的目光和愛意，自然都改爲投向楚漫晰。

思及此，我不禁有些難過，原來我以爲的心動，以及衍恆對我的好，都只是作者寫出來的設定。

只要作者下了指令，衍恆都會照做，所以對象是誰根本也不重要。

那我呢？難道我對衍恆的感情，也只是故事裡的一部分嗎？

倘若我眞的只是按照作者描寫而活的角色，爲什麼還會因此而難過？此時此刻停不下來的淚水，到底是我自己的感受，還是作者筆下的一段描述？

迷茫之際，我忽然想起衍恆最近反常的舉止。

既然這個故事的女主角已經被作者改成楚漫晰，那麼作者筆下的衍恆，應該要滿心都是她，對我這個路人甲毫不在意才對，可他爲什麼會爲我挺身而出，甚至下意識對我展現溫柔的一面？

這是不是代表，作者的設定與描述並不是這個世界絕對的運行法則？

或許，屬於我和衍恆的過去，依然深埋於他的腦中。

我重讀作者留給我的信。這個人很聰明，沒有留下任何筆跡，稿件和信都是先在電腦上打好字，之後才列印下來的，讓我難以推斷他的身分。

難道我眞的要相信他的一面之詞以及荒唐的說法？

「因內部整修，圖書館將於十分鐘後閉館，請預作準備。如要借書，請儘速至服務臺辦理。」

突然響起的廣播通知，打斷了我的思緒，混亂不已的我，愣在原處不得動彈。

沒過多久，任璟翔出現在我的視野中。

「要閉館了，我們得趕緊……」他朝我走了過來，看到我淚流滿面的模樣，「怎麼了？牛皮紙袋裡面有什……」

「同學，圖書館要閉館了喔！」任璟翔的身後傳來値班老師的提醒，打斷了他的關心。

我慌亂地用袖口抹眼淚，想將牛皮紙袋放進背包裡時，卻聽見逐漸靠近的腳步聲。

怎麼辦？老師會不會以爲我在偷東西？可就算我把這個牛皮紙袋放回書架上，它也很顯眼，我到底該怎麼辦？

任璟翔看了我一眼，便轉身朝老師的方向走去。

「溫老師好。」

「咦？璟翔你怎麼在這裡？今天沒有參加晚自習嗎？」

趁著任璟翔引開老師的注意力，我趕緊將書本放回書架，並背對著他們，把裝著稿件的牛皮紙袋藏進書包裡，匆匆走下樓。

儘管我對這份小說原稿和信件內容都半信半疑，但它們是目前最接近眞相的線索，再怎麼難以置信，我都無法輕易丟下。

我渾渾噩噩地離開圖書館，甚至忘了被我留在身後的任璟翔，直到一隻手忽然拉住了我。

我回過頭，看見了微喘著氣的任璟翔。

「就這麼丟下掩護妳的學長，太沒有義氣了吧？」他露出好氣又好笑的表情。

「我……對不起。」我不知道該怎麼解釋，索性不說了，直接道歉。

「妳還好……」任璟翔頓了一下，沒有將關心我的話說完，「算了，就不問蠢問題了，我們走吧。」

「什麼？」走？走去哪？

他沒有理會我的疑問，只是拉著我向前走。

我任由他引領著我，沒有感受到絲毫的不自在或是害怕，就好像一直以來都是這樣。

任璟翔帶著我走出校門，來到學校對面的便利商店。

「妳在這邊等一下。」將我安置在座位區後，他這麼對我說。

此刻的我沒有多餘的心力思考，聽話地坐下，看著玻璃窗外的街景發呆。

「給。」直到任璟翔在我旁邊的椅子坐下，我才回過神。

看見被擺在我面前的布丁和果汁牛奶後，我有些詫異地望向他。

我曾和他說過我喜歡吃布丁，因此我並不訝異他買了布丁，但我應該沒和他說過我心情不好時，有喝果汁牛奶的習慣吧？

「這是？」

「果汁牛奶啊，不明顯嗎？」任璟翔似乎覺得我的問題有點好笑。

「你知道我心情不好的時候，喜歡喝果汁牛奶？」我困惑地問，「我有跟你說過嗎？」

任璟翔沒有正面回答，只道：「我隱約有這個印象，看到時就順手拿了一瓶。」

我不太記得自己有沒有說過，這也不是什麼大事，因此沒有再追究下去。

「所以妳要說說看，剛才到底在牛皮紙袋裡找到了什麼嗎？」看著我喝了幾口果汁牛奶後，任璟翔才問道。

我抿著嘴，不知道該怎麼說，也不知道該不該說。這麼光怪陸離的事，他會相信嗎？

之前，他只是單純地聽我闡述發生在我身上的怪事，可這一次，牛皮紙袋裡的內容，卻與他息息相關，且足以顛覆包含他在內的所有人的世界觀。

「沒關係，妳不需要勉強自己。可以等妳捋清思緒，或是等妳想說的時候再說。」任璟翔體貼地打圓場，同時伸出食指，輕輕地替我拭去沒有擦乾淨的淚痕。

這是第一次有除了衍恆以外的人，對我做出這種略顯親密的動作。

頃刻之間，我想起在剛剛閱讀的那一份原稿裡，任璟翔這個名字從未出現過。為什麼呢？是因爲我和衍恆之前與他沒有交集，所以作者沒有特別寫出來嗎？又或者是我讀得太快，錯過了什麼片段嗎？

自找到《予以暗夜的晨星》的原稿後，又過了幾天。我遲遲無法下定論，不知道該不該相信那個自稱是作者的神祕人。

我一度在想，這會不會是鄭宇淮的惡作劇，畢竟裝著原稿的牛皮紙袋就放在他曾借過的書旁邊，而且我拿到牛皮紙袋的那天，還在圖書館門口看到他。

可是他對我的態度並沒有任何改變，極少數對上視線的時候，他也沒有流露出任何心虛或是看好戲的神情。

如果是裝的，那他也裝得太好了吧！一絲破綻也沒有。

思來想去，我決定找個人商量，而我腦海中浮現的人，就只有任璟翔。

不是因爲我沒得選擇才會找他，而是因爲我第一時間想到的就是他。

經歷了上次找原稿的事情後，我突然意識到自己對任璟翔的信任和依賴正在日益加深。

「學長。」我輕喚了他一聲。

「嗯？」任璟翔停下吃飯的動作，偏頭看向我。

「你那天跟我說，等捋好思緒，想說的時候，可以跟你說發生了什麼事。我現在覺得我可以說了，但我的想法還是很混亂，而且……」

天啊，我要怎麼告訴他，我們所處的世界或許只是一部小說，我們只是小說裡的人物？

「很難以啟齒嗎？」他朝我揚起一抹笑，「只要是妳說的，無論是什麼事，那怕連妳自己都覺得不合常理，我也都會相信。」

我愣了愣，「你爲什麼這麼相信我，又對我這麼好啊？學長你對每個人都這麼好嗎？」

「當然不是。」他的眼角含著笑，臉上的表情十分溫柔。

霎時，我有些被觸動。

無論他是不是對每個人都這麼好，他的這份善意，讓我的校園生活溫暖了不少。我對他投以感激的笑，「學長，謝謝你，你人眞的很好，而且是一個非常可靠的學長。」

任璟翔愣怔了一瞬，接著扯了扯唇角，不知爲何露出有點無奈的笑容。

我將那一天在圖書館找到《予以暗夜的晨星》的原稿，我們身處的世界的眞相，以及作者對我下的戰帖，全都告訴了任璟翔。

聽我說話的時候，他的表情看起來十分嚴肅，令我有點緊張。

「那我呢？」待我說完故事後，任璟翔問。

我沒反應過來，「啊？」

「妳說的那個故事裡，沒有寫到我嗎？」

「沒、沒有。」我忐忑地回道。

那天回家以後，我翻遍了稿件，也讀了無數遍，卻仍舊沒有看到任璟翔的名字。

「所以我本來連配角都不是嗎？是作者改寫故事之後，才加進來的角色？」他露出感興趣的表情。

「我……我不知道。」我支支吾吾，不知道該怎麼說。

「妳不用緊張啦，我只是單純好奇而已。」他笑著說，好像覺得我的反應很有趣。

「吼，學長，你不要逗我啦。」鬆了一口氣後，我抗議道，「所以你是怎麼想的啊？你覺得那個人說的是眞的嗎？」

「嗯……我跟妳一樣，半信半疑吧。但以妳的立場而言，妳現在遭遇的事，本就很離奇，而現在出現了另一件更不可思議的事，恰好可以解釋妳感到困惑的部分，如果我是妳，我不會放棄這個可能性，那怕聽起來很荒誕。」

「……啊？」他說得好複雜，我快被繞暈了。

任環翔滿臉歉意，「抱歉，我應該說得直接一點。我的意思是，相信那個人的說法，對妳來說也沒什麼損失。換作是我，就會試著找出作者的眞實身分，只要找到他，就能知道他是不是在說謊。」

他頓了頓，又道：「況且從妳敘述的稿件內容來看，就算那個人不是作者，他也非常了解在妳身上發生的事，代表他是保有和妳相同記憶的人，妳不會想當面和他對質嗎？」

「學長，你是在鼓勵我找到那個人嗎？」

「我是想鼓勵妳找出眞相，而眼下，那個人就是妳最靠近眞相的一片拼圖。」

唔……他好像快說服我了。

「他的說法恰巧能解釋發生在妳身上的怪事，所以我想，妳不妨試著相信他說的話，或許等妳找到他之後，世界就能恢復成妳熟知的模樣。」

任環翔說得對，我想知道那位自稱是作者的人，爲什麼擁有和我相同的記憶，也想知道這個世界的眞相。

更重要的是，或許找到他，衍恆就能想起我們之間的回憶。

「看妳的表情，應該是想到該怎麼做了吧？」任環翔笑容可掬地看向我。

「對於該怎麼找到那個作者，老實說，我還沒有任何頭緒。」我搖了搖頭，「但是現在，困擾我很多天的煩惱終於解決，我也找到了努力的方向，開始試著相信那位作者的說法。果然，只要跟你聊一聊，一切都會豁然開朗。」

「那就好。」

午休快要結束了，我起身伸懶腰，收拾便當盒，準備回教室。

「可芮。」

身後忽然傳來任璟翔叫我名字的聲音，令我不禁一愣，因爲這是他第一次不是稱我爲「學妹」，而且只叫「可芮」二字，似乎比連名帶姓的叫法更多了一絲親暱。

「嗯？」我努力藏好不知所措的情緒，轉身面對他。

「我開始懷疑，我是不是也曾經存在於原版的故事裡，卻因故被作者抹去了。」任璟翔的嘴角仍掛著微笑，臉上的表情卻令人捉摸不透，「或許這樣才能解釋，爲什麼我會對妳一見如故吧。」

「又或者，我該感謝故事被改寫，我們才能因此相遇。」任璟翔說。

任璟翔說那些話時的模樣有點陌生，甚至讓我覺得，他不僅僅是個溫柔的學長這麼簡單。

我突然發現，自己從未眞正了解過他。

對任璟翔沒有出現在《予以暗夜的晨星》這件事，我百思不解。

我努力回想在遇見任璟翔之前，和他有關的事，卻只想得起他作爲校園名人被大家熟知的那些形象。

想著想著，我莫名感到有些不安，於是便說服自己別再細想，當務之急是讓衍恆想起我，並找到那位自稱是作者的人。

或許等我找到他以後，我的生活就能回到正軌，我的不安以及那些謎團，便會迎刃而解。

既然作者要我找到他，意味著他跑進了故事之中，擁有一個角色身分。

假如我是身處故事中的作者，我一定會想就近觀察筆下的主要角色，所以我猜他應該是離我滿近的人，或者至少認識我身邊的人。

更何況作者已經挑明了，他想知道孤立無援的我會有什麼反應，那麼他就得和我有一定的交集，才能達成目的。

我首先懷疑的人，是鄭宇淮和楚漫晰。

我試探過鄭宇淮，像是刻意在他面前，將那份裝著原稿的牛皮紙袋扔在地板上，再隨口問他有沒有讀過一本叫《予以暗夜的晨星》的小說。

然而，鄭宇淮只是面不改色地幫我撿起紙袋，問「那是什麼類型的書？學校的圖書館借得到嗎」。

他的反應很平靜，看上去甚至有些興趣缺缺，讓我很難斷定他就是作者。

於是我猜想，借閱紀錄、稿件的位置、圖書館門口的巧遇，說不定都是作者在誤導我，故意讓我懷疑鄭宇淮。

經過一連串的試探和深思後，比起鄭宇淮，現在的我更懷疑的是故事被改寫後的既得利益者，楚漫晰。

作者只因「有趣」，就選定楚漫晰為新故事的女主角，未免太草率了，搞不好……作者就是楚漫晰本人。

我和楚漫晰其實沒什麼交集，就是普通同學的關係。現在想想，上次她在走廊上幫助我，應該是我們少數有過的互動。

我不禁好奇，她當時是抱持什麼樣的心情來幫我的？

我和大家的記憶開始有出入的那天，我因為不知情而用從前的方式和衍恆互動，鬧出很大的動靜，楚漫晰作為相關人，不可能沒有聽說。

如果她就是作者，表示她明面上幫我，實則暗自在心裡嘲笑我；如果她不是作者，那麼在面對我時，她心裡都不會有疙瘩嗎？我可是堅稱自己正在和衍恆交往的女生。

難道是因為她根本不喜歡衍恆，所以打從心底覺得無所謂？還是她想營造善良的形象，又或者只是勝者的炫耀？

我想把她想成一個很壞的人，可一想起她幫助我時，很是擔憂的目光，我便無法說服自己。

我決定先偷偷觀察楚漫晰，試著了解她是怎麼樣的人，再來判斷她到底是不是作者。

然而我忘了，一個不受歡迎、被大家當成怪胎的人，做什麼都是錯的。

事件的起因是，值日生在資源回收場撿到了楚漫晰的作文簿。

楚漫晰是我們這一屆的紅人，儘管曾因長相引人注目而被高年級的學姐刁難，但她柔順的性格總能引起同學們的保護慾，再加上在這個版本的故事中，有衍恆護著她，更沒有人敢隨便招惹她。

班會時間，副班長站在講臺上，舉起那本被撕得破破爛爛的作文簿時，好幾個同學不約而同地看向我。那時，我便明白即將上演什麼樣的情節。

「今天，值日生在資源回收場找到了漫晰的作文簿。我去問了老師才知道，漫晰因爲沒交作文，國文科的平時成績被扣了五分。我沒想到這種欺負同學的事，居然會發生在我們班上。」

我有點想笑，說得好像在今天以前，我們班沒有人欺負同學似的，那我這段時間以來的遭遇又算什麼？

「是誰做的還不明顯嗎？」某個同學率先發難，將大家隱約的懷疑拉上檯面。

「我最近常常看見韓可芮出現在漫晰附近。」

「我也有看見，而且她看楚漫晰的眼神超恐怖的。」

「還以爲是我看錯了，原來大家都有這種感覺啊？」

我覺得很荒唐。我是楚漫晰的同班同學，我出現在她附近不是很正常嗎？

我承認自己在暗中觀察楚漫晰，但我只是想了解她的性格和爲人，也沒做什麼多餘的事啊。

「韓可芮，妳要不要解釋一下？」副班長直接點了我的名字。

「與我無關的事，我要解釋什麼？」

如果是一個月之前，世界剛發生變化時，我或許會因爲被誤會而覺得非常委屈，但這段時間，讓我感到委屈的事太多了，這樣的針對也不是第一次，比起委屈，我只覺得這些人眞是不可理喻。

「妳不是很喜歡鐘衍恆嗎？大家都知道鐘衍恆喜歡漫晰，妳把漫晰當眼中釘，想陷害她，不是很有可能的事嗎？」副班長的臉上揚著惡劣的笑，用最不堪的方式，公開處刑我的心意。

她這麼做，無疑是在羞辱我。

「我沒有碰楚漫晰的作文簿。」我一字一字緩緩地說。

「但就我所知，收作文簿那天的値日生，不是妳嗎？」

她說的是衍恆代替沈伊弘和我一起做値日生的那一天。當天早上，我一個人把作文簿搬去教師辦公室，我沒想到那時的舉動，會讓現在的我百口莫辯。

「那天是我當値日生沒有錯，但是我沒有拿走楚漫晰的作文簿。」

「妳有證據嗎？」

我忍不住氣笑了，「我要怎麼證明我沒有做過的事啊？」

「妳別再狡辯了，趁現在跟漫晰道歉，她如果原諒妳就算了，不然鬧到老師那邊就難看嘍。」

我想告訴她，要鬧就鬧，別想用這種方式，逼我承認我沒做過的事。

然而，在我開口前，衍恆的聲音便先劃破了僵持：「無不無聊？妳自告奮勇要主持班會就是爲了演這齣？」

他冷哼一聲，接著叫上沈伊弘，走向教室門口。

「鐘衍恆！你就這麼任由漫晰被人欺負嗎？」副班長硬是叫住他。

衍恆回過頭，在離開教室前，很快地看了我一眼，「是誰丟的，有比跟老師要回她應得的分數來得重要嗎？」

剎那間，我讀懂了他略帶失望的眼神。

我本以爲他是爲了我才挺身而出，打斷我和副班長的對峙，可原來，他根本不相信我。

他方才的話，劃破的不只是僵持，還有我的心。

一股難以抑制的苦澀和空虛，忽地從我的胸口蔓延開來。

「好了，這件事就到此爲止。」楚漫晰起身走上臺，從副班長手中拿回作文簿，「我相信韓可芮沒有做出這種事。」

「漫晰，妳爲什麼要護著她？」副班長忿忿不平道。

「她已經說了不是她，而且也沒有證據指向她，這樣的指控對她很不公平。」

楚漫晰的語氣輕柔卻堅定。

「可是……」

「就這樣吧，好嗎？剩下的事，我會自己跟老師解釋。」

「漫晰，妳這樣是在縱容她這種神經病！」

楚漫晰臉色一沉，「請不要這麼說，我不喜歡這個說法也不喜歡這種氛圍。」

或許是很少見到楚漫晰這麼嚴肅的表情，大家都不再多說什麼，這件事最後就這麼過去了。

好幾個人紛紛上前關心作業被惡意丟掉的楚漫晰，卻沒有人因爲這場鬧劇向我道歉，也沒有人問我還好嗎。

對於同學們的冷漠，我已經習慣了，讓我無法釋懷並感到非常受傷的，唯有衍恆沒有相信我的事實。

我趁亂從教室後門溜了出去，想找個地方靜一靜，卻在快走出教學大樓時，看見獨自靠在牆邊的衍恆。

他一見到我便站直了身體，一副有話要說的模樣。

他是在等我嗎？

眞好笑，沒想到事到如今，我還會抱著這樣的期待。

「你是想私下爲楚漫晰打抱不平嗎？」我輕聲問。

衍恆微微一愣，「不是。」

「那有什麼事嗎？」我扯了扯嘴角，卻怎麼也擠不出笑。

「妳還好嗎？」他小心翼翼地問。

他爲什麼要關心我？我既不是他的女朋友，也不是他喜歡的女孩，他現在該關心的人是楚漫晰才對吧？

思及此，我覺得更難過了，原來不知不覺間，我已經被這個版本的故事影響了。

「你是不是根本就不相信，我沒有碰過楚漫晰的作文簿？」

他別開眼，「我是真的覺得探討這個沒有意義。」

儘管衍恆沒有正面回答我的問題，但他也沒有否認。

「怎麼會沒有意義？難道你一點也不在乎，我到底會不會做出這麼可怕的事嗎？」我衝他吼完，才忽然意識到自己此刻的樣子有多可憐。

我所有的委屈和難受，就這麼隨著傷心的問句，從眼角奔湧而出。

他怎麼會在乎呢？原先的記憶被改寫後，他也許就像其他人一樣，把我當成一個失心瘋的怪胎。

衍恆迷茫地看著我，下一秒，他突然伸手將我拉入懷中。

從前我哭泣時，他總會將我擁入懷中，以此安慰我。

我不清楚他現在這麼做的原因，也無心細想，但無論如何，現在的我都不需要這種安慰。

我用力地推開他，「鐘衍恆，你現在這麼做，到底算什麼？既然不相信我，爲什麼還要幫我？爲什麼要安慰我？」

衍恆看起來有些手足無措，「我也不清楚，我……」

「比起自以爲是的安慰，我更希望你能信任我，不要讓我傻呼呼地感動後，又立刻意識到你根本不信任我，你只是在可憐我。」我胡亂抹掉眼淚，堅定地看向怔住了的衍恆，「我是喜歡你沒錯，但我不會爲了這份喜歡做出傷害他人的事，我的喜歡沒有那麼卑劣。」

說完話，我轉身邊哭邊往後校門的方向走。

沒多久，我便聽見身後傳來了腳步聲，我原本以爲是衍恆跟了過來，卻在回頭之際，發現來人是任璟翔。

「學長？你怎麼在這？」

三年級的教室在學校較爲靜僻的另一頭，和教學大樓相距遙遠，再加上現在還是上課時間，我沒想到會在這裡見到他。

「剛剛去教學大樓找老師，正巧看見了妳……跟鐘衍恆。」

「你都看見了嗎？」我有點尷尬，慌忙地想將眼淚擦乾。

「等等。」任璟翔突然抓住我的手腕，制止我的動作，「這麼粗魯，眼睛會受傷的。」

任璟翔伸出另一隻手，用袖口沾去我臉上的淚水。他的動作很輕很輕，謹慎得像在對待一件易碎物品。

我忽然想起找到原稿那一天，他替我拭去淚痕，手指擦過臉頰時的觸感。

「謝謝學長。」我向後退了一步，怕被他發現我因爲緊張而亂跳的心跳聲。

「他欺負妳嗎？」任璟翔淡然一笑，似乎並不介意我唐突的舉動。

「正好相反，他在同學冤枉我時，替我解圍。」

「妳現在的表情，可不像是被喜歡的人幫助後，會有的模樣。」

「他沒有欺負我，他只是……不相信我。」我憋不住受傷的情緒，又哭了出來。

任璟翔沒有安慰我，他只是重複剛才的動作，用袖子替我擦去眼淚。

這一次，我沒有拒絕他的溫柔。

待我稍微冷靜下來後，才發現他臉上的神情，和手上輕柔的動作截然不同，非常冷漠。

「這種不相信妳的男生，還值得妳爲了喚醒他的記憶而努力嗎？」任璟翔冷著臉對我說。

「他、他只是失憶了，才會這樣。」我被他嚇到了，結結巴巴地說。

似是注意到我的反應，他稍稍放鬆了臉部表情。

正當我想說些什麼緩和氣氛時，任璟翔先一步開口，幽幽地說：「如果是我，無論發生什麼事，就算是失去記憶，也一定會本能地保護自己喜歡的女孩。深愛一個人的痕跡和習慣，沒有那麼容易消散。」

什麼意思？他是在暗示衍恆對我的感情不夠深，還是……

我還沒來得及細想，就看見楚漫晰的身影由遠而近，緩緩地向我們走來。

「韓可芮。」她在距離我和任璟翔十步之外的距離停下，看上去有點忐忑，「方便借我一點時間嗎？」

我下意識看向任璟翔。

「妳們聊吧！我有事先走了。」他頷首微笑，恢復了往常禮貌卻又帶了些疏離的模樣。

我默默感謝楚漫晰的出現，讓我得以逃離方才異樣的氣氛。

「抱歉，我是不是打擾你們了？」楚漫晰向我表達歉意。

我搖搖頭，說道：「如果妳找我是爲了剛才的事，我只能告訴妳，我眞的沒有丟掉妳的作文簿，也不知道是誰做的。」

「不是的！」她著急地否認，「我說相信妳是眞心的，絕對不是想在大家面前裝好人。」

我皺了皺眉，「我沒有說妳是爲了裝好人才那樣說的啊。」

「我覺得妳好像不是很喜歡我，所以才急著想解釋，而且我想，就妳的立場，會這樣想也很合理。」

我不知道該怎麼接話，也搞不清楚她這麼說的用意。之前，我曾懷疑她就是躲在背後的作者，可每當想起她幫助我時，十分眞摯的神情，我就很難把她想成一個壞人。

我對她確實有著難以道明的敵意，所以對於她說的話，我並不想否認，但承認也很奇怪，萬一這是什麼陷阱呢？

「抱歉，我好像說了會讓妳很難接的話。」楚漫晰抿著唇，似乎是在謹愼地斟酌其詞，「其實我想和妳說的，不只是剛剛的事。我……我相信妳說妳和鐘衍恆本來是戀人的說法。」

我詫異地看著她，不敢相信這樣的話竟會從她口中說出來。

「我會這麼說，不是爲了討好妳或是有其他的目的，我只是發現了異樣。」

「異樣？」

「儘管鐘衍恆說他喜歡我，也確實對我很好……這樣說或許有點怪，但從他的眼中，我看不出絲毫的喜歡，就好像他不是自願喜歡我，也不是自願幫助我。」楚漫晰微蹙著眉，好看的臉上滿是困惑，「我一直搞不懂，他有什麼非要追求我的理由嗎？他這麼高調地追我，我只覺得很困擾，時不時還要面對一些莫名其妙來挑釁的女生。」

我一直以爲楚漫晰是那種文靜、溫順的女孩，這是我第一次看見，和想像中不太一樣的她，又或者該說，更眞實的她。

「直到妳前陣子製造出那場騷動後，我才恍然大悟。雖然我當時不在場，但我們班的同學就很無聊，故意跑來跟我說，好像覺得我知道這件事後，會有很大的反應，然後他們就可以在一旁看好戲似的，超煩。」

楚漫晰完全不把我當成外人，說著說著就開始吐槽。

「聽到妳說妳和鐘衍恆本來是戀人，他喜歡的人一直是妳後，我便開始注意妳，這陣子都在默默觀察妳和鐘衍恆。雖然我還是搞不懂鐘衍恆堅稱他喜歡我的動機，但我覺得他比他以爲的還要在意妳。沒有人會頻頻注意一個自己非常厭惡的人吧？因此，我相信妳說的話，鐘衍恆喜歡的人其實是妳，只是不知道爲什麼，包含他在內的所有人都忘記了。」

我震驚到不知該如何反應，楚漫晰居然自己推論出來了。

「妳有沒有想過，或許其他人說的才是對的，這一切很可能只是我幻想出來的。妳眞的相信一段連妳自己都不記得的記憶？」我忍不住問。

「比起其他人，我更相信自己的直覺。」楚漫晰絲毫不受影響，堅定地說。

我這才發現，楚漫晰很有自己的想法，也不會隨波逐流。

「我好奇的是，妳現在知道爲什麼妳和大家的記憶有出入了嗎？」

我忽然想起故事作者在信中寫給我的那段話，她說我的性格太無聊，沒有人想看我這種人擔任故事的女主角，所以她將女主角更換成楚漫晰。

我勾起嘴角，問道：「妳確定妳眞的想知道嗎？」

「當然。」

「那怕眞相再怎麼超乎常理，妳都能承受嗎？」

「我就是想知道才會來找妳。」楚漫晰的眼中閃爍著好奇的亮光。

或許是因爲我潛意識認定楚漫晰搶走了衍恆對我的喜歡，又或者是出於對作者的報復心，我決定告訴她，這個故事世界的眞相。

我倒要看看，被作者認爲更適合擔任女主角的她，在知道自己生活著的世界根本就不是眞實世界，她只是個命運被掌控在作者筆下的角色後，會有什麼樣的反應。

「因爲這整個世界都是假的！我們所處的世界，其實只是一本名爲《予以暗夜的晨星》的小說，無論是妳還是我，都只是故事作者創造出來的角色，我們的想法、感情、經歷的事，都是作者設計好的。」

見到她驚訝又困惑的表情，我的心情爽快許多。

「作者改寫了故事，將女主角這個角色從我改成本來只是配角的妳，而爲了看看孤立無援的我會怎麼應對眼前的情況，他刻意保留了我的記憶，所以大概只有我還記得原版的故事。」

「等等，妳是怎麼知道這些的？」楚漫晰問。

「我在圖書館找到作者的原稿，一字一句都和我記憶中發生過的事一樣，就連我沒說出口的想法也都寫在上面。」

我已經不想管她會不會覺得我有妄想症，才想出這麼荒唐的故事。我就是想看到完美的楚漫晰，露出嫌惡、排斥我的模樣，這樣我心理可能會平衡一點，我才能告訴自己，楚漫晰不像作者說的，比我更適合成爲故事世界的中心。

「那份原稿可以借我看看嗎？」楚漫晰忽然握住我的手腕，興奮地問。

我一怔，「咦？」

怎麼跟我想的不太一樣？

「拜託！我好想知道我到底忘了什麼，原本的世界又是什麼模樣。」她看起來十分雀躍，表情毫無任何不滿。

「妳相信我說的話？妳不覺得我只是在胡言亂語嗎？」

「怎麼會？」楚漫晰的臉上綻開了欣喜的笑容，「妳說的一切正好都能替我解惑，我高興都來不及了。」

「聽到我說妳只是配角，妳不生氣嗎？」

「如果當女主角就得接受鐘衍恆莫名的追求，那我還是當配角好了。對了，那妳知道要怎麼做才能將角色換回去嗎？」

我感到無地自容。楚漫晰看起來是眞的不介意我失禮的說法，和她的坦然相比，將遭遇怪罪於她的我，顯得格外醜陋。

「對不起。」我咬著唇，發自內心地向她道歉，「我總覺得妳占據了我的位置，將被鐘衍恆遺忘的難受都怪罪到妳身上，一直把妳想得很壞，剛剛說的話也不是很好聽，眞的很對不起。」

楚漫晰嘴角上揚，對我說：「交往中的男友突然忘了自己，又總說喜歡的是另一個女生，換作是我也一定會很討厭那個女生，妳不需要爲此感到愧疚。」

「坦白說，妳跟我想的不太一樣。」我朝她投以善意的微笑，有感而發地說。

「因爲我們之前不認識啊，現在開始認識就好。」

楚漫晰眞的是一個很好的人，所以我決定將所有的事都告訴她，包含作者要我查明他的身分的戰帖。

聽完之後，她看起來更興奮了。

「讓我幫妳吧！」

「啊？」

「我想和妳一起尋找作者，可以嗎？」楚漫晰懇求道。

「妳確定嗎？妳現在是故事裡的女主角……我不知道找到作者之後，世界會變成什麼樣子。即使如此，妳還是想找到他嗎？」

楚漫晰沒有猶豫，很快點了頭，「是不是女主角，對我來說不是很重要，畢竟我對鐘衍恆也沒什麼感覺，我不想因爲故事設定被迫和他綁在一起。比起女主角的身分，我更好奇這個世界的運作方式，也想知道操控著我們的作者究竟是誰。」

楚漫晰看著我，小心翼翼地問：「如果妳不介意的話，讓我幫妳好嗎？」

就這樣，我和楚漫晰組成了調查小隊，決定一起找出作者的身分。

無論如何，多一個人幫忙，總比我孤軍奮戰要來得好，況且，楚漫晰看起來不像壞人，我想試著相信她。

第三章　沿著你離開的足跡

經過上次和任環翔的對話之後，我忽然意識到，他是異性，我不該毫無邊界感地依賴他。

「這種不相信妳的男生，還值得妳爲了喚醒他的記憶而努力嗎？」

「如果是我，無論發生什麼事，就算是失去記憶，也一定會本能地保護自己喜歡的女孩。深愛一個人的痕跡和習慣，沒有那麼容易消散。」

任環翔當時說的話，言猶在耳。

我不知道他是在指責沒有保護我的衍恆，還是在指責被這麼對待依然不肯放棄衍恆的我，又或者他是想告訴我，他跟衍恆不同？

可是爲什麼呢？他何必拿自己和衍恆比較？

正當我這麼想時，我的腦中浮現一個疑問——如果被作者修改記憶的人是任環翔，他也會像衍恆一樣，一夜之間忘了喜歡的人，忘了過去的時光嗎？

我越想越心煩意亂，不知道該怎麼面對任環翔，因此開始用拙劣的藉口逃避午休的見面時間。

不知從什麼時候開始，每當我想到任璟翔，一股異樣的感覺便會從心底油然而生，而當我想深究時，暈眩感又會忽地湧現。

就像現在這樣。

「韓可芮！」身後傳來的呼喚聲，轉移了我的注意力。

我轉過頭，看到笑容可掬的楚漫晰，她用剛才輕拍我肩膀的手，指了指手上拿著的三明治。

「結帳花了點時間，抱歉讓妳等了一下，我們去操場那邊吃吧。」

「妳看起來心情很好耶，發生什麼事了嗎？」我被她的笑意感染，笑著問道。

「我一直很想試試跟朋友在教室外吃午餐，謝謝妳實現我的願望。」

我愣了愣，「應該有很多人想跟妳一起吃午餐吧？無論是故事改寫之前還是之後，在我的印象中，妳的人緣一直都很好。」

「嗯……感覺不太一樣。」楚漫晰抿了抿唇，躊躇了一會才接著說，「大家只是把我當成一個漂亮的洋娃娃，套上了各自的美好想像，並不在意我實際上是什麼樣的人，久而久之我也習慣順著他們的期待，不敢表露眞實的性格或是想法。」

「妳是說對未知的事富有好奇心，還有很喜歡吐槽的部分嗎？」我忍不住笑著揶揄。

她也笑了，「我確實挺常在心裡偷偷吐槽，尤其是吐槽我們班那些無聊的同學。不過在妳引起那場騷動之前，我其實不曾對什麼事感到這麼好奇。」

我們邊走邊聊，很快就走到操場邊的石階，決定在這邊吃午餐。

「總之，我很慶幸我有鼓起勇氣找妳說話，也很感謝妳願意當我的朋友。」楚漫晰笑起來的樣子很好看，配上真摯的話語，讓我都有點不好意思了。

「好了啦，妳這樣說讓我很難為情欸。」

她吐了吐舌，「好，我不說了。」

「對了，楚漫晰，妳的作文成績後來……」

「叫我漫漫就好，我家人都是這樣叫我的，連名帶姓地叫總感覺有點疏遠。」

「好。」我莞爾一笑。

「那我可以直接叫妳『可芮』嗎？還是妳有什麼綽號？芮芮？」

「芮芮。」

「再叫一次。」

「爲什麼？」

「你這樣叫我的時候，感覺特別溫柔。」

「只有我能這麼叫妳。」

「可芮？」楚漫晰伸手在我眼前揮了揮。

「嗯？」我回過神，怔怔地應了一句。

「是我說錯話了嗎？妳是不是不喜歡被這樣稱呼？」

「欸？不是，我只是……」

剛剛一閃而過的畫面是什麼？

我看不清畫面裡親暱地喚著我的人是誰，也不知道這段記憶的出處。

衍恆有這樣叫過我嗎？

我突然發現，我想不起衍恆從前是怎麼呼喚我的。

「只是？」

「沒事，妳叫我可芮好了，我沒有其他綽號。」

因爲剛才一閃而逝的畫面，我下意識地不希望她和那個人一樣，叫我「芮芮」，那怕我根本不知道那個人是誰。

「嗯！」楚漫晰笑著點頭，沒有注意到我的異樣，「對了，可芮，我可以問妳一個問題嗎？」

「嗯，妳說。」

「妳爲什麼喜歡鐘衍恆啊？」

聽到她的問句後，我思考了好一會。我記得我們的初遇，記得他看著我的眼神，也記得我答應他的表白時的悸動……但我爲什麼會喜歡他呢？

在楚漫晰興致勃勃、滿是好奇的注視下，我總算想起當初喜歡衍恆的原因。

「因爲在他身邊，我能感覺到自己被需要。」

這好像是我第一次認眞思考，自己喜歡上衍恆的原因。

「我們認識之後，他一直在我身邊，總是很直率地表達他的喜歡。我想，我可能很需要這樣的關注，這會令我很有安全感。這個理由很奇怪嗎？」

「怎麼會？」楚漫晰似乎察覺到我的情緒變得低落，她堅定地說，「渴望被需要沒什麼不對啊。」

「但如果他對我的好，他表達的喜歡，都只是因爲故事作者這麼寫呢？那因此而喜歡上他的我，不也只是順著作者的想法行動而已嗎？搞不好換作別的角色這麼對我，我也會喜歡他，那這樣算什麼喜歡？」

楚漫晰突然拉住我的手，安慰我：「可芮，我覺得妳太在意作者的話了。就算這裡眞的是故事世界，我們都只是故事中的角色又如何？重要的是妳和鐘衍恆相遇後，喜歡上彼此了，只要那份心意存在過，就是眞的。」

我終於明白，爲什麼她並不在意自己是不是女主角了。

「楚……漫、漫漫，妳好厲害喔。」

「怎麼突然這麼說？」她笑得很靦腆。

「妳好豁達。妳難道不會因爲我們的世界是別人筆下的故事，而覺得鬱悶嗎？」

「多少還是有一點吧，但我覺得活在當下比較重要。」楚漫晰揚起開朗的微笑，「既然在意作者，在意劇情，也於事無補，那不如假裝沒有這回事，努力過好眼前的生活。」

楚漫晰的話，替我消沉的意志找到了出口。

就算這個世界只是一個故事，那也是屬於我的故事，是有意義的。

我情不自禁地抱住楚漫晰，「漫漫，是我要謝謝妳才對。」

「咦？」她似乎嚇了一跳，但並沒有推開我。

「雖然我不喜歡這個版本的世界，但是能認識妳真好。」

我感覺到她將手環在我的背上，輕輕地擁抱我，「我也是這麼想的。」

現在的我並不是一個人，我有漫漫和任璟翔的陪伴與信任，我一定能找到作者，讓世界恢復原狀。

見到我和漫漫一前一後地走進教室，副班長迎了上來，將漫漫拉到一旁。

「漫晰，妳怎麼跟韓可芮走在一起？妳最好別太靠近她，畢竟她不太正常，難保不會對妳……」

「別再說這種話了。我和可芮現在是朋友，她是個很好的人，我希望妳……不，我希望大家都不要誤會她。」漫漫輕輕地抽回自己的手，語氣十分堅定地對班上的同學說，「作文簿的事與可芮無關，我已經跟老師說明情況了，很謝謝大家替我打抱不平，但不應該因此冤枉可芮。」

「漫晰！」

副班長氣急敗壞地想再說些什麼，卻被鄭宇淮打斷：「好了，上課鐘快響了，大家都回座位吧。」

我側過頭，對上鄭宇淮的視線，他推了推鼻梁上的眼鏡，面無表情地別開眼。

之前我都將注意力放在漫漫身上，現在確認她不是故事的作者，那最有嫌疑的人又變回了鄭宇淮。

下午第一節課，是班導師的課。

「今天只上半小時的課，剩下的時間，我們要來決定這次運動會代表班上參賽的同學。」

慘了，對於我這種沒有運動細胞的人來說，運動會就是一場惡夢。

通常這個環節，運動能力比較好的人會舉手自願參加，或是有人會推舉他們，而剩下的參賽名額，才會從沒參加的同學之中抽籤決定，所以只要我先自願參加其中一個項目，就能躲過其他不擅長的項目了。

和球類運動相比，我寧可參加跑步比賽，待會就舉手表示要跑大隊接力吧。

半小時後，導師闔上課本，「好了，今天的課就上到這邊。班長和體育股長上臺主持一下，下課前要決定好運動會各項目的參賽選手。」

待鄭宇淮走上講臺後，班導師便離開教室。

鄭宇淮看著通知單，將運動會各項目和需要的人數寫在黑板上。

「那就先以自願參賽的人爲優先吧。」鄭宇淮剛說完，很多同學便紛紛舉起手，報名要參加的項目。

眼看大隊接力的名額越來越少，我卻還沒有成功報名，我著急地將手舉得更高一些。

「韓可芮，妳參加排球發球比賽可以嗎？」體育股長忽然對我說。

「我？可是我想參加大隊接力。」

「大隊接力的人數已經夠了。」她笑盈盈地說，並在黑板上「大隊接力」四個字的旁邊寫上額滿。

剛才明明還有幾個名額，怎麼轉眼之間就滿了？

「那幫妳報名發球比賽嘍。」

「等等，我不會發球啊。」

「不會就練習嘛！現在發球比賽的人數不夠，這關乎班上的榮譽，妳就配合一下吧。」

體育股長給出的理由很正當，我實在不好在眾目睽睽下硬是拒絕。

「好……」同學們對我的印象已經夠不好了，我不想再繼續爭論，顯得我很難搞，只好接受這個結果。

「現在還剩下躲避球、三對三籃球和拔河，還有人要自願的嗎？沒有就抽籤了。」鄭宇淮問道。

「應該要以擅長這些項目的同學爲優先，不是嗎？我知道大部分同學都覺得參賽很麻煩，但運動會就是爭取團體榮譽的時候，應該把班級放在個人之前。」體育股長大義凜然地說。

「所以？」鄭宇淮蹙著眉，像是不明白她到底想說什麼。

「聽說韓可芮很擅長躲避球，讓她參加如何？」副班長忽然出聲。

下一秒，我捕捉到副班長和體育股長對視的那一瞬，立刻明白這是怎麼一回事。

「我不擅長球類運動。」我趕緊澄清，就怕糊裡糊塗中了她們的詭計。

「但我聽羅允欣說，妳很擅長欸。妳該不會只是懶得出力爲班級爭取榮譽，才急著撇清的吧？」副班長揚起挑釁的笑。

我看向允欣，她卻一言不發，也不敢看我。

我不知道她究竟有沒有說過這種謊，又或者是副班長以她的名義造謠，但不管是哪一種，她都沒有替我澄清。

「可芮不是這種人，我相信她是眞的不擅長，而且她都參加發球比賽了，其他比賽的名額應該優先給尚未參賽的同學才公平吧？」漫漫又一次爲我挺身而出。

體育股長擺出無辜的表情，聳了聳肩，「漫晰，韓可芮之前惹出那麼多事，光憑妳一句『她是個好人』，我們也很難相信她。倒不如趁著這次運動會，讓大家好好了解她是個什麼樣的人，也好解開誤會啊。」

我知道體育股長只是想看我的笑話，可心煩意亂之際，我竟一時想不到該怎麼反駁。

漫漫無助地看向我，我用眼神示意她別再替我說話了，我不想害她落得跟我一樣的下場。

「那乾脆也幫韓可芮報名籃球和拔河，反正都是團體活動嘛，多參加幾個，大家才能更了解她啊。」見我沒有反抗，副班長滿臉譏諷，得寸進尺地說。

「砰」一聲，衍恆拍了一下桌子，「適可而止吧。妳們兩個對運動會這麼感興趣，也都是班級幹部，要不要乾脆報名全部的項目？」

「躲避球剛好差四個女生，既然是妳們提議讓韓可芮加入的，妳們就一起參加吧，也趁這個機會解開誤會。」鄭宇淮沒問體育股長和副班長的意見，直接幫她們報名躲避球比賽，「楚漫晰，妳也一起可以嗎？」

「好。」漫漫很快地點頭，接著朝我展露微笑。

下課後，我躲在較少人經過的後走廊，和漫漫討拍。

「怎麼辦……我真的很不擅長球類運動，別說是讓同學改觀了，我恐怕只會拖累他們，反而更招人厭。」我哭喪著臉。

漫漫輕拍我的肩膀，「妳別擔心，我會陪妳一起練習。」

「萬一練習了還是做不好呢？」運動細胞又不是一夕之間就能培育出來的。

「那至少妳努力過啦！對硬是要挑剌的人來說，不管妳做得好還是不好，他們都會找理由攻擊妳。妳不必在乎他們說什麼，妳只要讓那些因爲不了解而對妳產生誤會的人改觀就好了。」

我正想說話，就看見站在不遠處的衍恆，雙手插著口袋，看上去欲言又止。

漫漫順著我的視線看過去，立刻露出了然於心的笑，「我先回教室嘍。」

她說完話便快步離去，導致我來不及告訴她，我跟衍恆現在有點尷尬，不是很想和他獨處。

「你有話要說嗎？」既然逃不了，我乾脆先發制人。

見衍恆支支吾吾了半天，我先前因委屈而生的氣便消了一大半。

我很了解他，所以知道他是想表達歉意，可又不知道該怎麼開口。
沒等他想好要說什麼，上課鐘就響了。
我嘆了一口氣，「打鐘了，有什麼事之後再說吧。」
才剛轉身，我就聽見身後傳來衍恆的聲音。
「我只是想告訴妳，別太逞強了，需要幫忙就跟我說。」
我忍不住停下腳步，轉頭問：「你是在擔心我嗎？」
衍恆一語不發，只是盯著我看，彷彿在確認什麼似的。
我不知道他想確認什麼，也不知道他是否已經得到他想要的答案，只看見他再次開口時，原先藏在眼底的猶豫已悄悄散去。
「應該是吧。」他說。

放學後，我留在學校，打算練習排球發球。
漫漫只有週五才有空陪我練習，所以其餘四天我只能自己練。
我先去體育器材室借了一顆排球，接著在操場邊找了一個角落，上網找排球發球的教學影片。
看了幾部教學影片後，我決定練習難度低一些的低手發球。
我左手拿著排球，右手握拳，前後揮動瞄準位置，接著將球輕輕拋起，打了出去。沒想到，打出去的球沒有如影片中那樣飛得又高又遠，只是軟軟地掉在一旁。
「妳的手不能彎曲。」突然傳來的熟悉聲音，嚇了我一跳。

只見任璟翔站在不遠處的大樹下，陽光透過葉隙落在他的臉龐上，使我看不清他的表情。

「學、學長？」

「嗯，是我。」他一邊回應我，一邊朝我走近，「放學了，妳不回家嗎？」

「我在練習發球。」我想起上次見面時的對話，忽然覺得有點尷尬，不敢直視他，想藉著撿排球，避開與他四目相對的情況。

「妳在躲我嗎？」

身後傳來略微沙啞的聲音，使我定格在原處，不敢動彈。

我聽到任璟翔輕笑了幾聲，餘光所見是他邁步替我撿起了排球。

我不用看他，也能猜到他此刻的表情，可能是失望、受傷……任何一種我不希望他因爲我而有的情緒。

我打算搪塞過去，想了幾個說詞，才鼓起勇氣抬頭面對他，卻還是在和他對上眼的瞬間，啞然失語。

任璟翔佇立在原地，清澈的眼神緊鎖著我，就這樣靜靜地望著我。

他什麼也沒說，可我心底的愧疚卻幾乎要滿溢而出。

他是在世界驟變之後，唯一陪伴我、相信我的人，可我僅僅因爲他說了我不知該如何反應的話，就躲了他好幾天。

「對不起，我不知道該怎麼面對你，就下意識逃避了。」我咬了咬唇，「我只是……不想聽到有人說我喜歡的人的壞話。我知道從旁觀者的角度看來，會覺得他的言行有點渣，但我認爲那是受到故事作者的影響，而不是出於他自己的意願。」

我不敢讓他知道我那些心煩意亂和胡思亂想，只好以衍恆作爲躲著他的藉口。

「妳就這麼相信他嗎？」任璟翔低喃道。

他微微低著頭，令我看不清他的表情。

「他是我喜歡的人，既然我認定了，就要相信他。」我盡可能讓自己看起來很堅定，把我對衍恆的失望，還有因爲任璟翔的話而產生的動搖，統統藏好。

我要讓一切恢復原狀，其餘的，我不能多想。

任璟翔沉默了許久後，輕輕地笑了。當他抬起頭看向我時，我才終於在他臉上看見如往常般平靜溫和的神情。

但不知道是不是我看錯了，有一瞬間，我似乎看見他眼底閃過一絲陰鬱。

「是我不好，說過頭了。」任璟翔說。

「我也有不好的地方，我應該直接把我的想法告訴你，不該用這麼消極的方式應對。」

「那妳以後不會再躲著我了吧？中午少了一個飯友，總覺得有點寂寞呢。」任璟翔擺出有點委屈的表情。

我不好意思地點點頭，「不會了，但我以後可能沒辦法天天過去涼亭吃午餐，因爲我交到朋友了！偶爾也要跟她一起吃飯。」

任璟翔有點驚訝，但很快又勾起嘴角，莞爾道：「看來幾天不見，又多了一些我不知道的事，明天午休好好聊一聊吧。」

「對了，妳怎麼這個時間還留在學校？妳剛剛說的練習發球又是怎麼回事？」任璟翔問。

「運動會快到了，我被推選爲排球發球比賽和躲避球比賽的參賽選手。」

「推選？但妳不是很怕球嗎？發球就算了，怎麼會選妳去打躲避球？」

「對啊！那才不是選，根本就是想看我笑話嘛！」我氣呼呼地接話，接著一怔，「我有跟你說過我很怕球嗎？」

「妳說過，妳忘記了嗎？」任璟翔微笑說道。

這陣子我和任璟翔聊了很多事，或許眞的是我自己忘了。我不再多想，將事情的經過全都告訴他。

「比起其他競賽，發球比賽算是比較容易得名的項目。每個人各有三次發球機會，只要三顆球都過網並落在得分區，就能拿到第一名的積分。我不能在這麼簡單的項目上有失誤，無論如何都得成功發過三顆球，堵住看我笑話的人的嘴，也讓其他同學對我改觀。學長，你擅長打排球嗎？可以教我嗎？」

「明知道她們只是在爲難妳，妳也不反抗嗎？怎麼不乾脆擺爛就好？那些人背棄了妳，妳何必糾結他們是否對妳改觀？」

在我的印象中，任璟翔一直是溫柔又彬彬有禮的形象，臉上總是掛著謙和的笑意，樂於幫助身邊的人，是個很可靠的學長。

因此，我沒想到這麼冷漠的話，會從他口裡而出。

「學長，你好像……並不像大家以爲的那麼溫柔。」一說完，我趕緊捂住嘴。

我太訝異了，才會不小心說出心裡話。

「是啊。」任璟翔毫不在意地笑了笑，「我本來就不怎麼溫柔。」

忽然，我的腦海裡閃過一個陌生的畫面。

「你這麼年輕，看上去也沒什麼病，應該要讓座給我才對。」火車上，一個約莫五六十歲的大叔，指著座位上的任璟翔，無理地說著。

「你看上去也不像是病入膏肓的樣子，我應該沒必要讓座吧？」任璟翔冷冷地回道，嘴角不屑地勾起。

我驚訝地看著任璟翔。看上去很溫柔，也總是對大家很有耐心的他，居然有這麼冷酷的一面。

儘管是這個大叔在找碴，但如果是我，大概會爲了避免爭執而向他妥協，畢竟和跟一個無理取鬧的人起衝突相比，讓座輕鬆多了。

大叔還在對任璟翔罵罵咧咧，但任璟翔滿不在乎，只是笑著道：「我坐的不是博愛座，你有什麼不滿可以叫列車長或是警察來，讓更多人看看你爲老不尊的樣子，我有的是時間陪你耗。」

任璟翔不再看著那位大叔，移開視線的剎那，和我四目相對。他陡然一愣，但很快便懶洋洋地勾起唇角，一副不以爲意的樣子。

反倒是我，因爲撞見了他不爲人知的一面，尷尬地閃躲他的目光。

我的心跳如擂鼓，就如同此刻我對任璟翔湧現的好奇，止也止不住。

「學妹？可芮？妳有聽見我說的話嗎？」

任璟翔的叫喚聲，將我的注意力拉了回來。

「啊？」才剛回過神，我就被眼前的任璟翔本人嚇了一跳。

「怎麼了嗎？」他錯愕地問。

「我……」我慌亂地左顧右盼，過了幾秒才緩過來，「學長，我們以前見過嗎？」

聞言，任璟翔微微蹙眉，「什麼意思？」

「沒、沒有啦，我隨便問問的。」我趕緊帶過這個話題，「抱歉，我剛才有點恍神，你剛才說了什麼？可以再說一次嗎？」

「妳不是問我擅不擅長打排球嗎？剛好我挺擅長的，可以陪妳練習發球。」

他的眉眼一彎，笑容自然，讓我有一瞬間以爲，方才那段叫我擺爛的話，是我聽錯了。

「好呀，那就麻煩學長了。」我沒有拒絕他的好意。

任璟翔突然伸出手，摸了摸我的頭，「今天太晚了，就從明天放學後開始吧，我先陪妳去還球。」

「好。」

他觸碰到我的瞬間，我心中一顫，面上極力強裝鎮定。這是他第二次摸我的頭了。如果說之前我感受到的是錯愕，現在則似乎是有什麼正在偷偷發酵的感覺。

我說不上來，只知道自己並不討厭他這麼做。

就像我並不討厭，窺見任璟翔藏起來的一面。

我和任璟翔的發球特訓才開始沒多久，衍恆就在某天中堂下課時，在走廊上叫住了我。

「昨天那個陪妳練球的男生是誰？」

我先是一怔，下一秒才意識到這句話代表的含義。

他是不是開始在意我了？不然怎麼會介意出現在我身邊的異性？

或許是因爲我直直盯著他，讓他有些不自在，他的臉微微漲紅，看起來有一點窘迫。

「昨天聽說妳在操場，我本來想去找妳，結果看到妳和一個男生在排球場上練發球。」

「找我？」

「我欠妳一個道歉。」衍恆直接了當地說，沒有像之前一樣呑呑吐吐的，「關於楚漫晰作文簿的事，對不起，我當時沒有相信妳，但我想解釋一下，我沒有可憐妳，我只是想趕快解決事情，讓副班長不再繼續刁難妳。」

衍恆說話時的眼神很眞誠，足以說服我，他並不是在哄我。

他的話讓我開始思考，在尚未相信一個人的情況下，就決定無條件地幫助對方，是否也算是一種偏愛？

「道歉禮物。」衍恆忽然從外套口袋裡拿出一個東西，放到我手上。

「布丁？」我有些不解。這是我最喜歡的一款布丁，但故事被改寫後，他應該不記得我的喜好才對。

「我一直在想，爲什麼妳說忘不掉的事，我一點印象都沒有。」他望著我，認眞地對我說，「剛剛在便利商店看到這個的時候，不知道爲什麼，我感覺妳會喜歡。我想妳是對的，我好像眞的忘了一些事。」

我沒預料到他會突然這麼說，更沒想到他竟然一直在思考我說的話。

衍恆深吸了一口氣，「雖然不管我怎麼努力回想，都還是想不起來，但再給我一點時間，我相信我一定能想起我到底忘了什麼。」

喜悅的心情幾乎快要滿溢而出，但我還是努力憋著差點上揚的嘴角，故意裝作傲嬌地對他說：「一個布丁就想打發我嗎？」儘管我的氣早就消了，也不能那麼輕易就原諒他，畢竟這段時間裡，他做了太多讓我難過的事了！

「那不然我陪妳練習發球吧？」

我愣住了。如果我答應，就等於要失約於任璟翔，如果我不答應，就會錯失和衍恆拉近距離的機會。

「我沒別的意思，只是想說妳應該是在爲了運動會練習，如果妳有好的成績，對我們班來說也是好事。」也許是見我久久沒有答覆，衍恆有點緊張地解釋。

我心一橫，「好呀，如果你放學後有時間的話。」

任環翔應該能理解我做出這個選擇的原因吧？畢竟他比誰都清楚我有多希望能和衍恆拉近距離，讓衍恆重新喜歡上我。

我努力這麼說服自己，只有這樣，我才不會被愧疚感壓垮。

我懷著忐忑的心情告訴任環翔這件事，深怕他會因此討厭我。

「學長，我知道這樣說很過分，可是我爲了讓衍恆想起我，已經努力了這麼久，我沒辦法放棄這個機會。」我雙手合十，低著頭拚命向任環翔道歉，希望能取得他的諒解。

「嗯，我知道了。」

聽見任環翔的聲音中帶了些許不悅，我小心翼翼地抬起頭看向他，卻只見到他立刻勾起嘴角，對我露出淡淡的微笑。

我差點就要問他是不是不高興了，但又馬上想到，不高興不是很正常嗎？

我還硬要這麼問，不就只是爲了讓自己好過一點，逼他說出違心的話嗎？

同時，我也怕他會承認他不高興。有些話只要不明說，就可以裝作沒有發現。

「我待會還有事，今天就先回去了。」任環翔站起身，靜靜地收拾著還剩下一半飯菜的便當盒。

我很想說點什麼，可這時候說什麼都只會顯得我很自私，於是我什麼都沒說。

看著任環翔離去時的落寞背影，一股揪心的感受湧上心頭，讓我必須緊緊咬著唇才能克制想叫住他的衝動。

當天放學，我在排球場等了很久，卻遲遲等不到衍恆。

我格外不安，感覺自己好像回到晨星出現的那一天，我在校門口怎麼等都等不到衍恆，等來的只有冷漠和遺忘。

我想傳訊息給他，卻想起那天他冷著臉對我說，他連我的LINE都沒有加。

躊躇了好一會，我還是決定試試看，傳了訊息給他，問他是不是因爲什麼事耽擱了。

我們早上才約好今天要一起練球，沒道理傍晚他就忘記了吧？除非……

我用力地搖了搖頭，想甩開腦中的負面想法。

我跟衍恆之間還沒有什麼進展，就算故事作者要搗亂，也沒理由選在這個時候讓他再度遺忘我吧？

口袋裡的手機忽然震了好幾下，我趕緊確認是不是衍恆發來的訊息。

「想知道妳等的人爲什麼沒出現嗎？」

又是這個號碼傳來的簡訊！我就知道衍恆的失約絕對跟作者脫不了關係。

「你不是說只要我找到你，就會把我本來的世界還給我嗎？我明明還沒失敗，你就從中作梗，這樣算什麼？」我憤怒地回覆。

對方沒有理會我的話，又傳來一則簡訊：「好奇的話，就去綜合大樓看看吧。」

他似乎很享受吊著我玩的感覺，只想觀察我會有什麼樣的反應，根本不在乎我的感受。

就因爲他是這個故事的作者，就能隨心所欲地亂寫嗎？這種只在乎反轉，不在意邏輯的作者，都沒有編輯管他，也沒有讀者罵過他嗎？

儘管很生氣，我還是管不住好奇心，放下手中的排球，前往綜合大樓。

綜合大樓離校門口不遠，除了音樂、美術、生涯規劃等等科目的上課教室在這裡外，各個社團的活動辦公室也都在這棟樓。

在踏上綜合大樓的臺階前，我看見鄭宇淮從裡面走了出來。

一次可能是巧合，但兩次都在匿名訊息提到的地點碰到他，眞的只是碰巧嗎？

見到我，鄭宇淮停下了腳步，「妳……」

「有什麼事嗎？」我豎起了警戒，說話的語氣稱不上友好。

鄭宇淮看起來不是很介意，「妳來找楚漫晰？」

「啊？」和漫漫有什麼關係？

「她社團活動剛結束。」

我狐疑地看著鄭宇淮，他挑了挑眉，沒多解釋便離開了。

怪人，而且越看越怪。

我剛想走進大樓，就聽到熟悉的聲音，和越來越近的腳步聲。不知道爲什麼，我下意識地往旁邊的花圃一躲。

我定睛一看，才發現快步走出來的人是漫漫。

對耶，今天手語社有活動，漫漫跟我說過她會在學校留晚一點。

我剛想要上前叫住她，跟她說衍恆沒有出現以及匿名簡訊的事，就看見衍恆出現在門口。

爲什麼衍恆會在這裡？不，應該說，爲什麼他們兩個會走在一起？

「我送妳回家吧。」衍恆緊跟在漫漫身後，突然開口說。

聞言，我就像被澆了一桶冰水，整顆心瞬間涼了下來。

我喜歡的人爲了送另一個女生回家而放我鴿子，那個女生還是我的好朋友。

我差點笑了出來。

這個情節要有多狗血，就有多狗血，我都開始懷疑作者是在寫八點檔的劇本。

直到一滴淚順著臉頰滑到我的嘴角邊，我才終於感受到隱藏在荒謬之下的疼痛。讓我難過的，不只是被衍恆遺忘的承諾，還有漫漫未曾說出一句拒絕他的話。

她明明知道我跟衍恆之間的故事，也知道我有多痛苦，如果她眞的像她說的那麼重視我們之間的友情，她就應該明確地拒絕他。

我邊哭邊走回排球場，打算去收拾留在那邊的東西。就算有人看到我哭得很醜，把我當成瘋子也無所謂了，反正班上同學都是這麼看我的。

我想起衍恆給我的那一個布丁，也想起他叫我再給他一點時間，他一定會想起被他忘了的事。

他眞的會嗎？剛答應我的事，他轉身就忘了，他眞的能記起我們的過去嗎？

走到排球場時，我看見了站在場邊的任璟翔。他額前的瀏海雖半掩著眉毛，緊盯著我的眼神卻難掩擔憂。

見到他，不知怎的，原本剛收住的眼淚又憋不住了。

「不是說他要陪妳練球嗎？人呢？」任璟翔冷著臉問。

我緊咬著唇，不想承認自己有多狼狽，只是一個勁地哭。

最後，他嘆了口氣，「算了，我跟妳較什麼勁？」

任璟翔緩緩地朝我走近，在距離我一步之外的地方停下。

「說吧，怎麼了？」他垂眸問道，看著我的目光十分溫和。

明明是我不好，是我辜負了任璟翔的好意，爲什麼他還對我這麼溫柔？

我覺得漫漫不重視我們的友情，可爲了愛情隨意對待任璟翔的我，有什麼資格這麼想呢？

我終於忍不住，嚎啕大哭，「他根本就不記得答應我的事，而且……他還說要送漫漫回家……」

任璟翔耐心地聽著我斷斷續續的哭訴。

「我以爲他開始在意我了，可到頭來，對他來說重要的人還是只有漫漫……是不是無論我做什麼，故事都不會改變了？我再也回不到本來的世界了？」

「不會的。」任璟翔忽然說。

他說得很堅定，導致我一度在想，他回應的究竟是不是我問的這個問題。

我怔怔地看著他，「什麼？」

「沒什麼。」他沒有解釋，只是搖了搖頭，話鋒一轉，「鐘衍恆直接跟妳說，他要送楚漫晰回家？」

「不是，是我看到的。」

「那楚漫晰有答應嗎？」

「她沒有拒絕。」

「沒有拒絕不等於答應啊。」任璟翔莞爾。

我有點不是滋味，「你是在幫漫漫講話嗎？」

「我只是覺得妳很喜歡她，也很開心能和她成爲朋友，別爲了不值得的人放棄這段友情。」

我知道他想說什麼，於是選擇沉默以對。

「他都這樣對妳了，妳還是非他不可嗎？」

「學長，你有喜歡的人嗎？」我輕聲問道。

我想告訴任璟翔，喜歡一個人就是，那怕被傷害了，也無法輕易放棄。更何況衍恆並不是自願忘記我的，我不能因爲這點挫折就退卻。

「有。」任璟翔說。

我怔住了，沒料到他會這麼回答，畢竟認識的這段時間以來，他從沒提過。

「那她知道嗎？」我忍不住問。

任璟翔深深地看了我一眼，低頭淺笑道：「她以前知道。」

我突然覺得，此刻的他，看起來格外寂寞。

而且，以前知道是什麼意思？她現在不知道嗎？

是因爲發生了什麼事，導致任璟翔決定隱藏對那個女生的愛意？還是……他跟我經歷過一樣的事，被作者修改了人生？

突然浮現的想法，令我嚇了一跳。

只有這樣才能解釋，爲什麼任璟翔當初很快就接受了這個世界只是一本小說的說法，又比任何人都要相信我沒有說謊，甚至鼓勵我找出作者。

但《予以暗夜的晨星》不是以我和衍恆爲主角的故事嗎？那任璟翔的故事呢？

爲什麼我看過的原稿裡，沒有任璟翔的故事，是作者沒寫到，還是被抹去了？還是說……之前在我腦中閃過的關於任璟翔的畫面，就是任璟翔被抹去的故事？

一陣劇烈的疼痛忽然湧現，彷彿有人正拿針戳我的太陽穴。四周的景象忽然開始旋轉，轉得我頭暈目眩，我雙腿一軟，跌坐在地。

「妳怎麼了？」

我聽見任璟翔著急地呼喊，接著感受到他的靠近。

「我……」我來不及回答，眼前的昏暗便逐漸籠罩了所有知覺。

「可芮！」

意識朦朧之際，我依稀看見了任璟翔驚慌失措的臉。這好像是我第一次，見到他如此慌亂、無法冷靜的模樣。

一睜開眼睛，映入眼簾的是任璟翔擔憂的臉。

手心傳來了陣陣暖意，我低頭一看，才發現任璟翔握著我的手。

他順著我的視線向下看，立刻鬆開手，動作略顯僵硬。

「還好嗎？現在感覺怎麼樣？」

「什麼？」我呆呆地看著他。

「妳剛才暈倒了。」

我環顧四周，才發現自己正躺在健康中心的病床上，「是你送我來的嗎？」

「不然還有其他人嗎？」任璟翔沒好氣地說。

我微微一愣，沒想到他會這麼說，小心翼翼地問：「學長，你是不是在生氣啊？」

「換作是妳，有人在妳面前突然暈倒了，還笑得出來嗎？」他抿著唇，看起來很嚴肅。

「對、對不起。」

任璟翔嘆了一口氣後，接著問：「現在還有哪裡不舒服嗎？」

我搖搖頭，「現在沒事了。抱歉，讓你替我擔心了。」

雖然任璟翔生氣的模樣讓我有點害怕，但同時我也因爲他的焦急而莫名的有一絲竊喜。

「妳剛才是貧血嗎？之前有這樣暈倒過嗎？」他的眼裡滿是擔心，一連拋出了幾個問題。

「我其實不太清楚，就是突然頭很痛，接著就失去意識了。」我試著回想暈過去前發生的事，「之前沒有暈倒過，但有過類似的感覺……」

「類似的感覺？」

印象中，每當我去想某些事的時候，就會感受到一股暈眩感，好像是……

「韓可芮。」

一個熟悉的聲音打斷了我的思緒，將我和任璟翔的注意力同時拉到了門口。

我萬萬沒想到，竟然會在此時此地見到衍恆。

「鐘衍恆？你怎麼會……」

「對不起，我失約了，但我希望妳能給我一個解釋的機會。」衍恆滿臉寫著歉意，接著，他看向任璟翔，臉色變得略為沉重，「我有話想單獨跟韓可芮說，可以留給我們一點空間嗎？」

「我們？」任璟翔冷冷一笑，「你看不出來她身體不舒服嗎？有什麼事改天再說吧。」

「妳還好嗎？」衍恆沒有理會他，朝我走近了一些。

「沒事了。」

「那能借我一點時間，和我談談嗎？」衍恆垂著頭又問了一次，看起來有點畏縮。

沒等我回答，任璟翔就起身擋在我們中間，「她需要休息。」

「不會花太長的時間，我等等會送她回家。」

「不是這個問——」

我拉了拉任璟翔的袖子，打斷他的話：「學長，沒關係的。」

任璟翔的目光緊緊地鎖在我的手上，我不知道他在想什麼。

良久後，他才說：「我先回去了，妳好好休息。」

看著他離去的背影，我心中又湧現了些許歉意。

「學長，謝謝你送我來健康中心。」我忍不住叫住他。

任璟翔沒有回頭，擺擺手走出了健康中心。

「他就是那天陪妳練習的人吧？」衍恆突然問。

「嗯。」

「他是哪一班的？」

「他是高三的學長。」

「學長？」他皺了皺眉，「你們是怎麼認識的？」

「說有事想解釋的人不是你嗎？怎麼變成我在解釋了？」我的怒氣未消，不想再回答他的問題。

「妳果然生氣了……不對，本來就是我有錯在先，妳生氣也是應該的。」衍恆垂下肩膀，看起來有點沮喪，「我不知道怎麼說比較好，聽起來可能會有點弔詭，也不知道妳會不會相信，但……我還是想向妳解釋。」

我沒有說話，靜靜地等他開口說明情況。

「我沒有忘記約好要陪妳練習的事，一直到放學前都還記得，我發誓！」衍恆一臉認眞地舉著手，做出發誓的動作，看起來有點滑稽，害我差點笑出來。

「接下來發生的事……我知道聽起來很不合常理，甚至像是胡扯的藉口，但我保證是眞的。」他深吸了一口氣，像是鼓足了勇氣才得以開口，「放學的鐘聲一響，我的腦中就出現了一個聲音，不斷地要我送楚漫晰回家，當我回過神來，就已經出現在她社團活動的地點了。」

他頓了頓，又道：「我真的不知道為什麼會這樣。後來，我匆匆趕到排球場，看到剛才那個男的抱著妳跑向健康中心，我就跟過來了。」

果然，故事作者從中作梗，讓奇怪的聲音出現在衍恆腦中，讓衍恆忘記和我約定好的事。

「無論如何，我都想好好地向妳道歉。不管出於什麼理由，讓妳在排球場乾等就是我的錯，但我真的沒有要放妳鴿子，剛才說的話也是真的，不是在騙妳！」衍恆悄悄瞥了我一眼，像是在看我的臉色。

「我是怎麼想的，對你來說很重要嗎？」我輕聲問。

「當然！」他用力地點頭，「我不知道該怎麼說，但……我不想被妳誤會。妳願意相信我剛才說的話嗎？還有，願意接受我的道歉嗎？」

方才的我，確實因為他的舉動很受傷，但看著眼前這雙真誠的眼睛，我好像無法說出什麼狠話。

衍恆對於這個世界的真相和作者的存在一無所知，說穿了他也是作者惡趣味之下的受害者，我生他的氣又有什麼用呢？

更何況，他清醒後馬上就到排球場找我，代表他在乎我們之間的約定。

「我相信你。」我淺笑道。

聞言，衍恆也笑了，但很快地，他又斂起笑，換上認真的表情。

「我想，我其實很在意妳對我的看法，也不想被妳討厭。」衍恆直直看著我，「儘管我還不清楚這是什麼樣的感覺，但我想試著了解……也想了解妳。」

之前我曾要他給我一個機會，試著了解我，可這一次，不是我拜託他，而是他主動想這麼做。

我應該要欣喜若狂的，但不知爲什麼，我覺得自己如今的心境，已和那時候有微妙的不同。

難道是因爲失望了太多次，所以不敢有所期待了嗎？

「你不好奇那個出現在你腦中的聲音嗎？」我不知道該怎麼回應，索性換個話題。

他的臉上浮現困惑的表情，「我……」

「你曾經發生過類似的事嗎？」

「我不太確定。」他的眉頭擰成一團，看起來很努力在思考。

如果作者可以控制衍恆，讓他做出違反自己意志的行爲，那我太直接地提示他，會不會觸怒作者？

「沒事啦，我隨便問問而已，你不用太放在心上。」

還是慢慢來吧，以後再找機會慢慢讓衍恆意識到這個世界的異樣。

或許，等衍恆了解越來越多事情之後，我就不會再因爲患得患失，而無法發自內心地因爲他的改變而欣喜了吧？

回到家之後，我才看到那則不曉得躺在通知欄多久的訊息。

「不用謝，就當是我送給妳的禮物吧。」任璟翔在訊息裡寫道。

乍一看，任璟翔像是在回應，我對他送我來健康中心的感謝，但我想，他說的禮物，是指他離開健康中心，留給我和衍恆獨處的時間。

當時我沒有看見任璟翔臉上的表情，但我猜，應該是我難以理解的情緒吧。

隱隱能感覺得出來，任璟翔不太喜歡衍恆，他會在我因爲衍恆而受傷時露出不悅的神情，也不喜歡我爲衍恆的行爲辯駁。

難道有什麼是任璟翔知道，我卻還不明白的事嗎？

我暫時還想不到，但直覺告訴我，任璟翔莫名的舉止背後，或許藏有什麼難言之隱。

不知道自己能否負荷時，最好的方法就是避而不談，所以我也不敢多問。

儘管我和衍恆算是解開了誤會，可我卻還是不知道該怎麼面對漫漫。

衍恆是被故事作者影響，在無意識的情況下失約，可漫漫呢？

她明明知道這個世界的眞相，也知道我跟衍恆的關係，卻沒有拒絕衍恆送她回家。

每每想到當時的畫面，被背叛的感覺總會伴隨著憤怒油然而生。

同時，我也會想起任璟翔當時的話——沒有拒絕不等於答應啊。

我知道我應該要找漫漫談一談，好好釐清當時的狀況和她的想法，可揮之不去的不悅卻讓我拉不下臉。

我賭氣地想著，如果她有把我當朋友，至少應該主動告訴我衍恆有去找她的事，而不是等著我問吧？

就漫漫的視角來看，她並不知道我目睹了那一幕，難道她覺得反正我也不知情，就乾脆瞞我瞞到底了嗎？

我越想越生氣，也不曉得該怎麼面對漫漫，於是開始躲著她。

不知不覺，我們之間彌漫著類似冷戰的氛圍。

漫漫沒過多久就發現我在躲她。和彆扭、膽小的我不同，她透過訊息表示想和我談談未果，便在某天放學後，硬是拉著我到較少人會經過的走廊盡頭。

「抱歉，這麼做可能強硬了一些，可是我沒有別的辦法了。」她緊緊抓著我的手腕，「可芮，妳在生我的氣嗎？」

既然她都直接問了，我也不想再躲了。

「妳都這麼問了，不就代表妳已經知道了嗎？」

「我原本不知道，只是察覺妳不想理我，覺得可能跟鐘衍恆有關係，問了他之後才知道的。」漫漫咬著唇，緊張地觀察我的反應，「妳都看到了是嗎？」

我不想接話，沉默以對。

「可芮，不是妳想的那樣！那天鐘衍恆突然出現，說要送我回家，我覺得很莫名其妙，所以根本沒有理他，是他硬跟著我。我沒有跟妳提起這件事，是因爲怕妳傷心，怕妳像現在這樣生我的氣，更怕我跟妳說了，妳不相信我。」說著說著，漫漫突然哭了，「如果這樣反而讓妳更不高興，那我跟妳道歉。我好不容易才交到合得來的好朋友，怎麼可能爲了鐘衍恆背叛妳？更何況我根本就不喜歡他啊！我不想就這樣失去妳這個朋友……」

漫漫哭得十分狼狽，一個勁地向我解釋。

我忽然覺得自己好可怕。漫漫是因爲在意我的想法，擔心我會受傷才沒告訴我衍恆找她的事，可我撞見那一幕的第一反應就是懷疑她，事後更是在心裡責怪她。

我滿腦子只有自己，只在意自己的感受，把自己放在受害者的位置，肆意質疑身邊的每一個人。

我怎麼會變成這麼可怕的人？

「不，要說對不起的人，是我才對……」我一開口，就也忍不住哭了，「我覺得我好糟糕，我不僅沒有相信妳，甚至想著，如果妳把我當朋友，就應該更照顧我的心情。我才是那個用受害者心態去傷害人的自私鬼。」

故事世界的重啟，不只改變了所有人的記憶，也改變了我。

「我以前不是這個樣子……」我抽抽噎噎地說，「這個故事的作者把我變得不再相信人，我怕付出了信任，對方會突然忘記，或是又被改寫成令我感到陌生的樣子，我越來越不知道自己到底可以相信什麼了。」

我害怕說變就變的世界，更害怕在不知不覺中被改變的自己。

「眞正自私的人，是不會自責也不會反省的，所以妳才不是那樣的人！妳只是太害怕了。」漫漫用力地抱住我，一隻手輕輕地拍著我的背，「我會陪妳一起找出作者，狠狠地教訓他！讓他再也不敢對我們的世界動手腳。無論如何，我都不會做出傷害妳的事，所以試著相信我，讓我陪著妳，好嗎？」

她的聲音帶了點鼻音，聽上去無比的眞誠和溫柔，讓我不禁伸出手回擁住她。

「好。」我內心深處的不安與痛苦，因爲這個溫暖的擁抱而逐漸消散。

我想要盡快找到作者，不只是爲了我自己，也爲了漫漫和衍恆。

我不想害他們被作者利用，做出違心之舉，成爲傷害我的工具。

我絕不允許這個神出鬼沒的故事作者，再次剝奪我和我在乎的人的生活。

第四章　你不在故事裡

「鄭宇淮？妳說的是我們班的班長，鄭宇淮嗎？」

我把我一連兩次在作者提到的地點遇見鄭宇淮，以及我對他的懷疑，統統告訴漫漫。

「不覺得太巧了嗎？」雖然鄭宇淮看到我的時候，都表現得很鎮定，但我還是覺得他很可疑。

「是有點怪沒錯。」漫漫附和，「既然現在也沒有其他的線索，我們不妨鎖定他，先觀察看看吧。我相信作者之後只會有更多的小動作，勢必會露出馬腳。一旦找到鄭宇淮就是作者的證據，我們就去逼問他！」

漫漫的話，讓我陷入沉思。

爲什麼作者要控制衍恆的意識，讓他堅持送漫漫回家？是想看我傷心絕望的樣子嗎？

「可芮？妳有聽見我說什麼嗎？」

我回過神，「啊，抱歉，我剛剛在想事情，妳可以再說一次嗎？」

「我說，除了我們自己觀察，我也會跟其他同學打聽鄭宇淮的情報，有什麼新的消息再跟妳說。」

「好，謝謝妳。」

漫漫笑了笑，「我們不是探究眞相小分隊嗎？不需要爲了這種小事道謝。」

如果說，之前的我對漫漫其實存有一些疙瘩，現在的我則是毫無保留地信任她。或許，我得感謝作者這次惡劣的捉弄，拉近了我和漫漫之間的距離。

現在我可以自信地說，我和漫漫成爲了眞正的好朋友。

隔天，我主動約任璟翔一起吃午餐，想要答謝他的幫助。

當我抵達涼亭時，任璟翔已經在那裡等待了。

「怎麼還特地叫我不要帶午餐？是打算請我吃福利社的便當嗎？」他笑著問。

「我才不是這麼小氣的人咧。」我對他做了個鬼臉，遞給他一個紙袋，「喏，這是你的午餐。」

「這是什麼？」

「你先打開嘛。」我催促著。

「不會是在便利商店買……」一打開餐盒，任璟翔原本掛在嘴角的笑容突然僵住。

我有點緊張，「怎麼了？你不喜歡吃蛋沙拉三明治嗎？」

「這是妳做的嗎？」他微微低下頭端詳餐盒。

「對啊，做便當對我來說難度有點高，但蛋沙拉三明治是我的拿手菜喔！」我側著頭，想看清他臉上的表情，「我保證能吃啦，這道菜不難，而且我試過味道了。」

「謝謝妳，我會好好享用的。」任璟翔倏地抬頭面向我，臉上洋溢著燦爛而明朗的笑容。

見到他這麼開心的模樣，我懸著的心終於放了下來，也被他感染了笑意，「你這麼喜歡蛋沙拉三明治喔？」

他笑而不答，嘗了一口後說：「因爲是熟悉的味道。」

「當然熟悉啊，做蛋沙拉三明治的食材、調味料都差不多。」我莞爾道。

「所以這是什麼的謝禮？」任璟翔沒有多作解釋，自然地把話題帶開。

「謝謝你之前送我去健康中心，也想爲了我失約在先道歉。」我歉疚地說，一邊偷偷觀察他的表情，「明明跟你約好要請你教我發球，我卻見色忘友地失約了。」

任璟翔啞然失笑，伸手輕輕敲了敲我的頭，「什麼見色忘友？有人這樣說自己的嗎？」

我吐了吐舌，捂著頭躲開，「反正你已經吃了我做的三明治，就不能再生氣了喔。」

「我什麼時候眞的生過妳的氣？」

我發現任璟翔今天的心情很好，嘴角邊的弧度沒有下垂過。

「對了，還有一件事也要感謝你。」

「嗯？」

「你說得對，漫漫沒有答應讓衍恆送她回家，雖然我還是跟她鬧了一會彆扭，但我們把話講開也和好了。我想，是因爲你的提點，我才沒有完全失去理智，說出難以挽回的話。」

「那鐘衍恆呢？妳跟他也把話講開了？」

我原本想避開這個話題，沒想到任璟翔竟主動提起。

我沒有否認，「不知道故事作者是透過什麼方式操控他，但他說，他去找漫漫的時候沒有自己的意識，恢復意識後就跑來找我了。」

「妳相信他說的話嗎？」

「我相信。」我堅定地點頭，「既然作者都能讓所有人失去記憶，控制一個人的意識和行爲也不在話下吧？」

在任璟翔接話之前，我搶先換了個話題：「學長，我可以問你一個問題嗎？」

「嗯，妳說。」

「是關於你跟我說的……你喜歡的那個人。」我怯懦地開口，小心地觀察他的臉色，「爲什麼你會說，她以前知道你喜歡她？她現在不知道嗎？」

任璟翔一怔，但很快又笑了，「怎麼突然好奇這個？」

「什麼叫做『這個』？這很重要欸！我第一次聽說你也有喜歡的人。」我不滿地努了努嘴，「我們聊了這麼久，你從沒提過，雖然你也會說一些自己的事，但我總覺得自己好像不是很了解你。」

「妳已經算是很了解我的人了。」

任璟翔忽然很認眞地說，害我頓時不知該如何接話。

「妳有沒有想過，或許我也經歷過和妳相似的事？」

聞言，我瞪大了雙眼，震驚地看著任璟翔。

「你的故事也被改寫了？你也收到了作者的挑戰書？」

他笑而不答，似是默認了。

一切都說得通了，就如同我猜想的，任璟翔的故事也被作者修改了，所以他才沒有被我荒唐的說法嚇到，他早就知道這裡是故事世界了！

「可是，學長你這麼聰明，怎麼可能找不到作者？」我訝異地問。

如果他有找到作者，我不相信他會像個旁觀者，放任我在那邊乾著急。

「因爲我不想找了。」

「爲什麼？」

「我害怕就算找到作者，那個女孩也不會想起我。」任璟翔的表情很平淡，像是在敘述一件與他無關的事，「更何況，她已經喜歡上別人了，我不知道現在的她，究竟希不希望想起過去的事。」

任璟翔漆黑的眼眸裡黯淡無光，那怕他的語氣很平靜，我仍能從中聽出他深藏的無力感。

他早就經歷過和我相同的感受，他喜歡的人也喜歡上別人了。

但和我不同的是，他放棄掙扎了，這就是爲什麼他時不時會露出很落寞的神情。

我突然覺得很心疼，很想擁抱眼前這個人，而且不知怎的，我甚至有點羨慕那個被他喜歡的女孩。

他一定非常、非常地喜歡她，才會寧可把自己的愛意藏起來，也不願改變她現在的生活。

我也好想被這麼堅定地選擇。

「學長，一直以來，你給予了我很多的支持，才讓我不至於崩潰，努力到了現在。」我輕聲開口，「如果你還想努力看看，我會幫你的。」

那怕想到他會因此從我的生活中淡出，令我有些不捨，我仍然希望他能幸福。

任璟翔彎了彎唇角，輕輕地搖頭。

「我一定會找到作者，證明你現在就放棄的想法是不對的。」我注視著他，堅定地說，「我也一定會幫你找回屬於你的故事。」

是他鼓勵我要找到作者、找出眞相，所以我也不會讓他就這麼放棄他自己的故事。

然而，任璟翔只是定定地望向我，接著淺笑著摸了摸我的頭，什麼也沒有說。

自上次衍恆失去意識，跑到綜合大樓之後，故事作者便沒再找麻煩。

接下來的日子，衍恆每天放學都如約陪我練習發球，不厭其煩地指導我技巧，幫我調整姿勢。

儘管運動白痴如我，常常頭腦聽懂了，動作卻跟不上，他也總是很有耐心地重新講解，一遍遍地示範給我看。

「球一定要拋起來再擊球，像這樣。」

「要用腕關節擊球，不是拳頭。」

「還記得我跟妳說的嗎？拋球的時候，就要做前跨步的動作。」

經過一個月的苦練，我總算從根本擊不到球，進步到三顆球中，至少能成功發過網兩顆了。

然而，時不時會失敗的那一顆球，令我非常焦慮。

「如果比賽時，我發的球沒過網，或是像剛才那樣出界了怎麼辦？」我沮喪地問。

衍恆撿起一旁的排球，「妳怎麼只想著妳發失敗的那一顆球？剛剛不是一連成功了很多次？那些成功的次數都忽略不計了嗎？」

「因爲這不是一場簡單的發球比賽，這是我堵住那些看我笑話的人的嘴的機會，也是讓班上同學對我改觀的關鍵。」

「改觀？」他不解地皺眉。

「你不可能不知道大家是怎麼看我的吧？」嚴格說起來，大家之所以把我當成怪人，跟衍恆一開始對我的態度脫不了關係呢。

我有點煩躁，不小心將焦慮的心情發洩在他身上。

衍恆困窘地抓亂了頭髮，「是我的錯。」

「抱歉，我不是想叫你道歉才這麼說的，我只是有點心慌意亂……我們繼續練習吧。」

我伸出手，示意衍恆將排球還給我，可他卻只是抱著排球，遲遲沒有動作。

「妳看起來不怎麼想練習啊。」

「我本來就不喜歡球類運動，還很怕球，怎麼可能會發自內心想碰球？但現在不是管我想不想的時候了。」

「誰說的？」衍恆聳了聳肩，「不想練習，我們今天就別練了。」

「你在說什麼啊？」我不明白他的意思。

「這段時間以來，妳強迫自己練習，這顆球只給妳帶來了壓力，妳當然會容易失手。」

「可是……」

衍恆強勢地打斷我的話，「妳給我一個小時的時間，我一定會讓妳發現排球真的沒那麼可怕。」

以前也有過幾次這樣的經驗，一旦衍恆露出「拒絕也沒用」的表情，即使我百般不願，他也會堅持到底。

他這個樣子讓我挺懷念的，好像回到了故事重啟之前。

這一瞬間的愣神，使衍恆誤以爲我答應了。

算了，反正我今天的練習狀況確實滿差的，姑且就看看他想做什麼吧。

見衍恆拿著球，做出前後腳的姿勢，我困惑地問：「所以你講了半天，要讓我發現排球不可怕的方式，就是從發球改成傳接球？」

「妳先試試看啊。」衍恆忽略我的不以爲然，直接以低手擊球的方式將球擊向我。

「等一下啦！」我還沒準備好，只能慌亂地躲球。

「妳是在打躲避球嗎？」衍恆一副好氣又好笑的樣子。

「你要讓我有點心理準備啊！」我抱怨道。

「那現在準備好了嗎？我會將球打到妳的手上，妳不要擔心。」

「我、我試試。」

我模仿衍恆的姿勢，將雙手併攏、打直，去接他打過來的球，但排球並不如預想地傳向他，反而往我身後的方向跑。

來來回回撿了好幾次球之後，氣喘吁吁的我看見衍恆似笑非笑的神情，忍不住埋怨：「我的動作明明跟你一樣，爲什麼不是接不到球，就是會打到反方向的位置啊？還有你不准笑喔。」

聽到最後一句話，衍恆憋笑憋得更明顯了，「因爲妳怕球，下意識想躲球，導致擊球的位置不對，球就很容易歪掉啊。」

想到他站在那邊看我狼狽地撿球，我就不想向這顆討厭的球服輸，主動要求：「你再打一次，我要再試一次。」

「我不是在笑妳啦。」衍恆給出了一個蒼白無力的解釋，一點說服力也沒有。

「你別解釋了！快點把球打給我。」我就不信我一球都打不到！

一看見衍恆朝我擊來的球，我趕緊伸直手臂，照他說的，用兩隻手臂構成的平面朝著他的方向擊球。

成功了！我擊向正確的方向了！

我欣喜若狂，可下一秒那顆球竟然非常剛好地打中衍恆的頭，彈了出去。

我們兩人同時傻住，四周只剩排球落地的聲音。

「噗……哈哈哈哈！」

「哈哈哈哈哈！」

分不清究竟是誰先沒憋住，我們幾乎同時笑出聲，笑得前俯後仰。

「妳這一球也打得太準了吧？是不是在報仇？」衍恆完全沒有因爲被我用排球敲了一下頭而不快，他笑得眼睛都快瞇成一條線了。

「是意外好不好？除非你剛剛就是在笑我，排球都看不下去了，才會幫我懲罰你！」

等我們好不容易止住了笑，衍恆才就地坐下，抬頭朝我揚起笑，問道：「心情有好點了嗎？」

「今天應該是這段練習的日子以來，我心情上最放鬆的一天吧。」我也蹲了下來，拍拍地板後席地而坐。

「那就好。」衍恆側過頭，看著我說，「焦慮的時候，容易表現失常。我覺得傳接球比發球還要難，可妳不也成功打到球了嗎？所以發球一定難不倒妳的。」

「原本想叫妳別理會看妳笑話的人，但妳也不可能因為我說幾句話就不介意，所以我能為妳做的，好像也就只有陪妳多練習幾次了。」衍恆揚起唇角，露出開朗的笑容，「我覺得過程比結果更重要，只要妳有好好努力過，對得起自己就好了，至於是否能讓同學們改觀，就別太在意了。」

「結果還是心靈雞湯嗎？」我雙手環膝，側趴在膝蓋上看著他。

「妳有做錯什麼事嗎？」

我被他問得有點懵。

「說穿了，大家現在會這樣看待妳，只是因為不理解妳的言行而已。我一開始也覺得妳很莫名其妙，也跟大家一樣以為妳……瘋了。」衍恆有點不好意思，躊躇了一會才說出「瘋了」這個詞。

「但跟妳相處的時候，我總會有一種很熟悉的感覺，卻怎麼也想不起來，這種感覺是從何而來。」衍恆露出迷茫的神情，「每當這個時候，我就會想起妳跟我說妳忘不掉時的表情。我當時無法反駁妳，內心深處似乎也不想反駁妳。我不知道該怎麼說……但我不想看到妳臉上出現難過的表情。」

「我在說什麼啊……」他喃喃地自嘲，接著又搖頭笑了笑，「我只是想說，如果妳沒有說謊，那妳就沒有做錯事。大家只是需要一點時間理解妳，等他們知道妳是一個怎麼樣的人之後，自然就會對妳改觀了。」

雖然他還沒有恢復記憶，但我覺得，他越來越像我熟知的衍恆了。

「假如，找回之前的記憶，會徹底改變你現在的生活，你還會想這麼做嗎？」

我小聲地試探。

「我不是正在這麼做嗎？」

「咦？」

「無論如何，我都想知道妳口中那些『以前』是什麼樣子。比起我的記憶，從現在起，我更想相信我的直覺，還有妳。」

此刻，衍恆眼底的困惑已然消失，取而代之的是認眞注視著我的清澈目光。

「咳咳。」他輕咳兩聲，像是想掩飾尷尬，「總之，我的直覺告訴我，運動會當天，妳一定沒問題的。」

我忍不住笑出聲，「你的直覺還能感應到我的行爲喔？」

「笑什麼笑？」作爲報復，衍恆故意揉亂我的頭髮，「我就是能感應到，不行喔？」

「等運動會結束，我再告訴你可不可以吧。」我笑著說。

「韓可芮。」衍恆忽然叫我。

「嗯？」

「等比賽結束，我會第一個爲妳喝采的。」

衍恆的目光無比眞摯，彷彿印證著他剛才說過的話——他相信我。

轉眼間，就到了運動會當天。

我參加的排球發球比賽是在早上十點，躲避球比賽則是下午兩點。和團體比賽相比，我更擔心的是全看個人發揮的發球比賽，甚至在早晨的鬧鐘響起之前，我就被自己發球失敗的惡夢嚇醒。

「請參加排球發球比賽的同學，儘速到排球場集合。」

我不知道自己是怎麼度過比賽前的時間，直到聽見廣播通知，才總算回過神。

「可芮，我陪妳過去吧。」漫漫跟著我起身，拉了拉我的手。

「啊？」

「妳臉色都發白了，我好怕妳還沒走到排球場就暈過去。」

原來我的緊張已經表露在臉上了嗎？

我沒有拒絕漫漫的陪伴，讓她拉著我的手走到比賽場地。沿途，我在腦中念經似地複誦著：「不要緊張，不要緊張……」

「二年五班，韓可芮。」

「右！」我下意識應聲，不小心沒控制好音量，引來一陣笑聲。

負責集合同學們的老師憋著笑，「妳待會站在第三個位置。」

「可芮，加油喔！我就在旁邊陪妳，不要緊張，妳會表現得很好的。」漫漫朝我揚起微笑，輕拍了我的肩膀後，退到一旁的觀賽區。

我努力調整呼吸，試著回想衍恆那天說的話——我的直覺也告訴我，運動會當天，妳一定沒問題的。

可是直到就定位，我都能清楚地看見，我拿著排球的手正微微地顫抖。

副班長和體育股長訕笑的表情，班上同學失望、不信任的臉孔，瞬間將衍恆肯定我的畫面覆蓋過去。

萬一我失敗了呢？大家會怎麼看我？

是會想著「果然，韓可芮就不可能爲班級爭光」，還是「這麼簡單的比賽項目，韓可芮都能搞砸，是不是故意的」？

怎麼辦？好害怕……

慌亂之際，我不經意地和站在場邊的任璟翔對上眼。

他站的位置離我不算近，可我卻一眼就能在人群中找到他。

任璟翔直視著我，唇邊挑著淺淺的弧度，用口型無聲地對我說：「加油！」

這一刻，四周的一切彷彿靜了下來，就連我的慌亂和緊張都瞬間落了地，被安心的感覺取代。

「二年級A組，預備！」排球場邊的裁判喊道。

哨音一響，我按照先前練習的動作——左手將球拋起，前腳微微往前踩，右手握緊拳頭，揮動手臂去擊球。

過了！我發的第一顆球，順利過網也成功在界內落地。

有了成功的經驗，我不再那麼害怕失敗，放下焦慮之後，接下來的兩次發球，都穩穩地成功了。

在最後一球順利過網並落在線內時，我聽見身後傳來一聲有點突兀的喝采。

我都不用回頭，就能猜到是哪個傻子在履約。

我被鋪天蓋地的成就感和喜悅包裹著，興奮得想要大叫。

待裁判宣布比賽結束，漫漫立刻衝上前抱住我，「妳超棒的！我好以妳爲榮！」

我也用力地回抱住她。現在，我總算能放下壓力，開懷大笑。

與此同時，我看到任環翔溫柔的微笑，像是在肯定我的表現。

不知道爲什麼，僅僅是意識到他就在旁邊，就給予了我充足的安定感。

我想，我一定非常信任他吧。

「可芮，老師剛剛叫我去幫忙，中午可能無法一起吃午餐了。」漫漫雙手合十，向我道歉。

早上的賽事剛結束，現在是午餐時間，可想到下午還有一場比賽，我就沒什麼胃口。

「沒關係，妳去忙吧。我不是很餓，找個地方打發時間等妳好了。」

「不行啦，躲避球比賽會消耗體力，妳多少還是得吃點東西。」

「好好好，妳別擔心，我會去買飯糰。」我怕耽誤她的時間，趕緊說道，「我吃之前會先拍張照片給妳看啦，妳快去吧。」

聽到我這麼說，漫漫才放心地離開。

和漫漫分開後，我到便利商店買好了午餐，打算找個安靜的角落吃飯，順便等漫漫忙完。

手中的飯糰快吃完時，我收到了漫漫的訊息。

她先傳了一張比讚的貼圖，接著道：「我現在好無聊，但又走不開。妳在教室嗎？」

「沒有，我在綜合大樓旁邊。」

「在那邊做什麼？」

「只是想找一個沒什麼人的地方吃午餐而已。」

我們有一搭沒一搭地聊天，直到一連幾則熟悉的匿名簡訊出現在通知欄爲止。

「看妳最近過得挺悠哉啊。忘記我們的約定了嗎？」

「還是對現在的生活很滿意，找不回原本的世界也無所謂？」

「別忘了，我隨時可以重寫這個故事，無論是鐘衍恆、任璟翔還是楚漫晰，都會忘記和妳有關的一切。」

一股寒意瞬間爬上我的背脊。這個作者眞的一直都在我的身邊觀察我，才會對於任璟翔和漫漫的存在瞭若指掌。

被喜歡的人遺忘已經夠痛苦了，作者還要奪走我身邊另外兩個重要的人？

在故事重啟之後，我被全班孤立，是漫漫堅定地相信我，幫我說話，成爲我的好朋友。

還有任璟翔，如果沒有他的支持與陪伴，我無法堅持到現在。不知不覺中，他已在我心裡占了一席之地。

如果故事又一次被改寫，他們還會記得我嗎？

我沒有辦法再負荷一次被全世界遺忘的痛苦。

「你到底想怎樣？」我氣到發抖，不想順了作者的意，讓他覺得他一威脅我，我便會示弱。

「我想讓妳找到我啊。」

「我有在找！」

「那就好，別讓我覺得無聊，否則……妳知道會發生什麼事。」

就因爲我是他創作出來的人物，他可以隨意地掌控我的生活，我就只能像提線木偶似地，依憑他的心情過日子嗎？

我不懂，他到底想做什麼？如果他那麼討厭我，之前爲什麼會寫出以我爲女主角的故事？

「看妳好像對這個故事有很多疑問，就送妳一個禮物吧。」

「我把關於任璟翔的故事，藏在社團辦公室裡。」

作者傳完這則訊息，就沒有再回覆我任何的疑問。

他總是在想刺激我時，隨心所欲地出現，達成目的後，又自顧自地消失。

直覺告訴我，這或許是個陷阱，就像上次他刻意讓衍恆去找漫漫一樣，他只是想看我狼狽不堪、崩潰的模樣。

可是，他精準地掌握了近日在我腦海中縈繞的事。

我好想了解任璟翔的過去。

想知道在那個我沒能經歷的故事中，他是個怎樣的人、經歷了什麼事，還有……會喜歡上什麼樣的人。

我不敢追問任璟翔，因爲他看起來不想多提，像是想一個人珍藏和那個女生的回憶，不願與其他人分享。

但好奇的種子一旦種下，就會在心底發芽，只有徹底解開疑惑才能連根拔起。

我咬了咬牙，猶豫再三，還是推開了綜合大樓的門。

這裡離操場有一段距離，和遠處的喧囂相比，顯得格外靜謐，甚至有些陰森。

我走進位於地下一樓的社團辦公室，因爲沒開燈的關係，四周一片漆黑。幸好，我很快就摸到了牆上的電燈開關，找回了光亮後，就沒那麼害怕了。

儘管這裡是大多數社團的辦公室，但其實說白了就是用桌椅、櫃子和海報劃分不同社團區域的開放式空間。

作者的訊息只提到「藏在社團辦公室」，也沒說是放在哪個社團，這要從何找起啊？

喀噠。

一個奇怪的聲音忽然響起，過了五秒，我才意識到那是什麼聲音。

我快步跑向門口，用力扭轉把手，卻已經來不及了。

方才那果然是辦公室的門被上鎖的聲音。

「不要鎖門！裡面還有人！」我大力地拍門。

社團辦公室的門是內外都可以上鎖的設計，意味著沒有鑰匙的我，不可能打開門走出去。

不會有人在這個時間點過來社團辦公室，還特地拿了鑰匙將門鎖上，很明顯的，這是作者設下的陷阱。

我拿出手機，想打電話給漫漫求救，卻發現位於地下室的社團辦公室根本沒有訊號。

已經一點十分了，我如果不想辦法出去，一定會趕不上躲避球比賽。

原來這就是作者的目的，他想讓我錯過比賽，成爲班上同學眼中不負責任的人。

現在別說想讓大家對我改觀了，我缺席比賽之後，同學們只會更加討厭我。

他就這麼想毀掉我的生活嗎？難道所謂的小說作者，可以爲了製造故事高潮，強行虐角色嗎？

或許對他來說，我只是故事裡的一個角色，但於我而言，這個故事是我的全世界，我努力地在這個世界裡活著，過好自己的人生！

我越想越不甘心，緊咬著唇，不想就這樣被氣哭。

不行，我不能在這裡坐以待斃，否則就讓作者稱心如意了。

我抬頭望向門口正上方，位於高處的窗戶，那裡看起來是目前唯一的出口。我記得外頭的門邊有被隨意擺放的桌椅和雜物，或許我可以從窗戶爬出去，再踩著它們落地。

下定決心後，我立刻開始移動離門最近的置物櫃。

我將兩個櫃子推到牆邊並排，可站上去之後卻發現高度還是不夠我搆到窗沿，於是我又搬了一張椅子，費力地將椅子放到櫃子上，再從康輔社的雜物區拖來一張軟墊以防萬一。

我鼓起勇氣爬上櫃子，再小心翼翼地站上椅子，順利地打開了窗戶。

「有人在外面嗎？」我喊了幾次，試著想求援，「我被關在社辦了，可以幫我開門嗎？」

回應我的，始終只有一片靜默。

也是，在運動會這種日子，同學們都集中在靠近操場的地方了，我不能再樂觀地想著會有人來救我了。

我撐著窗沿，想借力爬出去，卻在下一秒因為重心不穩從椅子上跌落。

幸虧椅子下方的置物櫃起到了緩衝作用，再加上方才有先鋪上軟墊，使我跌到地上時，不至於摔得太慘，否則這個故事就會因為女主角香消玉殞而提前完結了。

不對，這部小說的女主角早就不是我了。

我忍不住被自己的想法逗笑。

無所謂了，既然作者根本就不在意《予以暗夜的晨星》這本小說的情節到底合不合理，想換女主角就隨意地換，整天只想著惡意試探筆下的角色，那我還不如擺爛算了，隨便故事要怎麼發展！

笑著笑著，我不禁哭了出來。

剛剛跌倒時，不小心扭到腳了，此刻腳踝上的疼痛就像是在陳述一個殘酷的現實——我不可能在比賽開始前，靠著自己的力量離開這裡了。

好不容易靠著苦練，在發球比賽取得了好成績，只要順利結束下午的比賽，至少能證明我有在好好努力，爲班級成績做出貢獻。

我期盼能藉由這次運動會，改善我在學校裡的處境，沒想到最終還是敗給了作者的算計。

我都這麼努力了，爲什麼還是改變不了現狀？還是無法奪回生活的掌控權？

好不甘心啊……

我躺在軟墊上，右手臂覆在雙眼上，想蓋住不斷奔湧而出的淚水。

在眼前的畫面暗下來的那一刻，我的腦海又閃過了一個陌生的片段——

這似乎是我和衍恆初遇的那一天，只是場景從火車變成了捷運，此刻的我也沒有身著制服。

這種感覺很神奇，我就像是用第一人稱視角看我自己主演的電影，無法操控自己的身體，卻可以清晰地感知四周的一切。

接下來發生的事，幾乎和我印象中的一樣。

我注意到對面車門邊，有一個變態正在性騷擾女生，我看不下去，上前制止他。

不同的是，那個女生抬頭看向我時，是一張全然陌生的臉龐。

她不是羅允欣。

我和那個變態起了爭執，他反咬我一口，說我血口噴人，他可以告我妨害名譽。

在我的記憶裡，我會拿出手機假裝我有錄影，在那個男人惱羞成怒、嘗試攻擊我時，衍恆會出現並保護我，因此我並不緊張。

然而，畫面裡的我卻遲遲沒有這麼做，完全慌了手腳。

男人似是知道我沒有證據，開始罵罵咧咧，甚至推了我一把。

我一個踉蹌往後一摔，差點跌倒在地時，一雙手及時攙住了我。

是衍恆嗎？

我抱著期待的心情回過頭，見到的卻是一個意想不到的人。

「誰說沒有證據？你剛才的所作所爲，我都幫你錄影存證了。」任環翔晃了晃手上的手機，譏笑道。

那個變態臉色一變，立刻衝過來搶任環翔的手機。

任環翔神色自若，把手機往我手裡一塞，接著便瞬間將變態制伏在地。

場景很快轉換到月臺邊，本來應該是我和衍恆一起等車的畫面，然而，此刻我身邊的人卻也變成了任環翔。

「學長？你是任環翔學長吧？我是跟你同校的學妹，剛才謝謝學長的幫忙。」

我聽見我自己說。

任環翔朝我點了點頭，表情看起來有點冷漠，「什麼證據都沒有，何必去蹚渾水呢？」

我後知後覺地意識到，他是在暗指我剛才的行爲有勇無謀。

「我沒有想那麼多，而且……我以爲我站出來之後，會有更多人去幫那個女生。幸好學長你有錄影，不然我還眞不知道該怎麼辦。」

「我沒有啊。」任環翔聳了聳肩。

我一怔，完全沒想到他會這麼說。

「那、那你怎麼……」

「騙他的。」

「萬一那個女生沒有出來指認他，或是沒有其他人拍到影片，那怎麼辦？」

「我只是想賭一把。」任環翔側過頭，朝我揚唇笑了笑，「就跟妳一樣。」

他笑得恣意，在夜色的襯托下，好看得令我挪不開目光。

後來，我主動告訴他，我叫韓可芮，是小他兩屆的學妹。

「我知道。」他彎了彎唇角，對我說，「我是任環翔，雖然妳也早就知道了。」

「可芮、可芮！妳沒事吧？」

耳邊傳來漫漫急切的呼喚，我睜開眼，發現自己仍在社團辦公室裡。漫漫蹲在我躺著的軟墊邊，搖晃我的肩膀，看起來急得都快哭了。

「妳別那麼用力晃她。」旁邊傳來了一個男生的聲音。

「你別吵，不用你多管。」漫漫扭頭一吼。

突如其來的亮光，讓我的眼睛一時之間不太習慣，瞇著眼才總算看清楚，另一個人是鄭宇淮。

「她看起來好像受傷了，妳晃這麼大力搞不好會弄痛她。」鄭宇淮似乎不怎麼介意漫漫不友善的語氣。

「可芮，妳受傷了？」漫漫著急地問。

「我剛剛想從窗戶爬出去，結果摔了下來，腳好像扭傷了。」

漫漫抬頭看了一眼窗戶，接著臉色大變，「妳知道那扇窗戶有多高嗎？爲什麼要做這麼危險的事？」

我突然想到，眼下還有一件更重要的事，我沒有時間和她多說，急著問道：「現在幾點了？」

「啊？」漫漫愣了愣，「一點四十五分。」

「躲避球比賽快開始了，我們得馬上去操場集合。」我站起來的瞬間，腳踝也傳來了陣陣疼痛。

「妳的腳都受傷了！還參加什麼比賽？」漫漫擔憂地扶住我。

「我必須參加！我好不容易努力到了現在，無論結果如何、同學們會不會因此對我改觀，至少我不能愧對自己。」我堅定地看著她，並試著在原地動了動腳踝，「那怕只能在場上撐五分鐘，我也不想就這麼放棄。」

最後，漫漫還是被我說服了，她攙扶著我，陪我慢慢走到躲避球的比賽場地。途中，鄭宇淮去健康中心幫我拿了繃帶，說讓我先做些緊急處理。

「這是我平時備用的止痛藥，吃半顆就好，妳可以自行斟酌要不要用。」鄭宇淮遞給我一小盒市面上常見的止痛藥。

我小心翼翼地觀察鄭宇淮的表情，決定相信他是眞的想幫忙，況且我現在也沒有其他選擇。

我們趕在集合時間結束的前三分鐘報到，與此同時，衍恆突然出現，把我叫到一旁。

「韓可芮，妳的腳怎麼了？」他盯著我腳踝上的繃帶問道。

「我沒事，等比賽結束再說吧。」我朝他微笑，想讓他放心。

「這樣怎麼可能沒事？」衍恆緊皺著眉，「需不需要我找個認識的人輕輕砸妳一下，讓妳先下場休息？」

他沒有勸我不要參賽，因爲陪著我練習了好一陣子的他，比誰都清楚我有多重視這次的運動會。

我搖了搖頭，「這樣我前面的堅持不就沒有意義了嗎？我一定要靠自己的努力，讓那些想看我笑話的人閉嘴。」

更重要的是，我不想讓故事作者的詭計得逞，我要讓他知道那怕他從中使絆子，我也會用我的方式破壞他設計的情節！

衍恆愣了一下，很快又露出無可奈何的神情，「知道了。」

「那我就先……」

「等一下。」他忽然蹲了下來，替我綁緊鞋帶。

起身後，他很認真地看著我，對我說：「既然決定要上場，就好好享受比賽，不用擔心結果。要是出了什麼問題，我都會陪妳一起面對。」

剎那間，我有些動容，想起了他說的「過程比結果更重要」。

「好。」我揚起笑容對他說。

似乎是止痛藥的藥效開始發作，疼痛的感覺漸漸變得沒那麼明顯。

我沒有想在比賽中有什麼出色的表現，我只想要撐過這場比賽。

比賽開始後，我的策略就是躲在人群中間，盡力閃避每一顆球。

但或許是因爲我腳上的繃帶過於顯眼，也或許是因爲我響亮的壞名聲，我很快就成爲對手的攻擊目標，大多數的球都直直地朝我丟過來。

躲球的途中，我不小心被自己絆倒，此時，外場的人毫不手軟立刻朝我丟來一顆球，想把我砸下場。

突然，漫漫跑到我前面，替我擋下了那一顆球，代替我被淘汰。

漫漫沒有多說什麼，但僅憑她臉上的表情，我就能明白她的意思。

她懂我的堅持，也擔心我閃避不及，會被那顆速度過快的球砸傷。

「嗶——」裁判吹響了哨音，「五班申請暫停。」

我還來不及反應，作爲替補選手的體育股長，便忽然朝我走了過來，「韓可芮，我跟妳換吧，妳下場休息。」

「什麼？」我怔怔地看著她。

「沒時間跟妳講那麼多了，妳下場就是了！」

她推著我往前走，但我能感覺得出來，她小心翼翼地在控制力道和動作。

「妳的腳都受傷了，繼續留在場上只會被當成目標。」

「可是……」

「不要可是！妳想拖累其他人嗎？不想就下去休息。」

雖然她講出來的話不怎麼好聽，可和過去的嘲諷不太一樣，這一次，她似乎是為了說服我下場而刻意這麼說。

「我可是我們班的體育股長，才不會讓那種專攻傷患的對手贏我們！」

將我帶到場邊，交給漫漫後，體育股長扎起馬尾走到內場中央。

不得不說，此刻的她看起來還真的有點帥。

體育股長上場後，很快就扭轉了局勢。她不只閃避得好，傳接球也做得很好。

最後，在她的帶領下，我們班在躲避球比賽中奪得了第一名。

儘管我沒有從頭參賽到尾，但在大家慶祝時，我也被推到中央，一同接受同學們的讚揚。

這是這段時間以來，我第一次在團體中獲得了些許的認同感。

和班上同學一起看了一會比賽後，我趁著漫漫去參加趣味競賽時，悄悄走去健康中心。

我不想讓她因爲擔心我而耽誤了比賽，更不想引起其他人的注意，怕他們以爲我在裝可憐。

走到健康中心的途中，我回想在社團辦公室裡閃現的那個片段。

這是第二次，我的腦中浮現了過去從未見過的畫面。

我看到的究竟是記憶還是夢境？是屬於我的嗎？

這兩次閃現的片段中，唯一的共同點，只有反覆出現的任璟翔。

或者該說，和我的印象截然不同的任璟翔。

到底哪一個，才是眞正的任璟翔？

我想起上次我在排球場暈倒時，任璟翔送我去健康中心的畫面。

儘管當時我暈過去了，但恍惚之間，仍有他著急地背著我奔跑的印象。

這一幕好熟悉，我突然覺得，我曾經經歷過一樣的事。

酷熱的陽光曬得我腦袋暈眩，但就差一百公尺了，只要跑完這最後一段距離，就能交棒給下一個人了。

我顧不得變得有點模糊的視線、暈眩和反胃的不適感，咬著牙往前衝向接力區。

一將接力棒遞給下一位選手，我便再也支撐不住，倒了下去。

周遭傳來眾人驚呼的聲音，但我的眼前一片白，怎麼也撐不開眼皮，只聽見有個人說「讓開！我送她去健康中心」。

睜開眼時，我發現自己趴在一個男生的背上。

他跑得有些著急，但雙臂強而有力地承托著我的重量，我不僅不擔心會掉下去，甚至還莫名感到安心。

我噗哧一聲，不小心笑了出來。

背著我的人頓了一下，發現我已經醒了，便放慢了腳步。

「妳還笑得出來？」他冷聲道，「都已經中暑了，爲什麼還要逞強？」

「我不知道我中暑了啊，難怪頭有點暈暈的。」我難掩笑意，幸好此時的他看不見我的表情。

「怎麼感覺妳還有點開心？這是值得開心的事嗎？」

「是啊。」我輕笑著承認，「見到璟翔學長這麼擔心的樣子，我能不開心嗎？」

我停下了腳步，愣在原地。

這又是什麼？這個畫面裡的「我」，眞的是我嗎？

我完全沒有和任璟翔這麼親近的記憶，那怕和他越來越要好，我也沒有用這種撒嬌的語氣和他說過話。

「我」的喜悅、親暱的語氣，都代表著「我」對任璟翔的喜歡。

我努力回想方才的畫面，操場、接力棒……當時我應該是在運動會上跑大隊接力，可是去年運動會的時候，我根本還不認識任璟翔啊！

不對，在剛才的畫面裡，我和任璟翔都穿著便服，我們爲什麼會穿著便服參加運動會？

我的腦中一片混亂，不知不覺已經走到了健康中心。

推開健康中心的門，走進去後，我沒有看到護理師，卻看見了正躺在床上休息的任璟翔。

一時之間，我有些分不清眼前的是現實，還是又一次閃過腦海的奇怪片段。

我四處張望，確定健康中心裡沒有其他人後，小心翼翼地朝病床走近，蹲在床邊，好奇地看著熟睡的任璟翔。

他的睫毛又長又密，微微顫動著，眉頭緊皺，看起來睡得不是很安穩。

直到腳都蹲麻了，我才決定搬一張板凳過來坐。

我認眞地端詳他的臉，思索頻頻看見那些畫面的緣由。

看到我見義勇爲制止變態的人是衍恆，至於那個被替換成任璟翔的版本……我搞不清楚是怎麼一回事。

我感到很疑惑，腦中飛快地閃過各種可能性。

其中，有一個聽起來讓人難以置信，卻恰好可以解釋一切的說法——我懷疑，這個故事世界不止重啟了一次。

作者說過，他可以再次重寫故事讓大家忘記我，是不是代表他曾經這麼做過？

說不定早在我於涼亭遇見任璟翔之前，我們就曾有過接觸。我看見的那些陌生畫面，或許就是被我遺忘的記憶？

但還有一個地方很奇怪，爲什麼片段中的任璟翔，和我認識的任璟翔，性格不太一樣？難不成作者連他的性格也修改了？

還是說，我看到的畫面並不屬於我，而是另一個人和任璟翔的過往？我只是以第一視角窺見任璟翔和她的回憶？

難道……我看到的就是他喜歡的那個女生的記憶？

不知怎的，我竟然覺得……

「不要！」任璟翔突然喊了一聲，坐起身來，像是從惡夢中驚醒。

「學、學長，你還……」

任璟翔轉頭看向我，接著立刻將我用力地擁入懷中。

他的溫度自觸碰到我的那一刻蔓延開來，伴隨著難以辨明的感覺，使我的心跳不受控制地加速。

他抱得很緊，像是找到失而復得的寶物似地不肯放手。

我被這樣的情緒感染，也伸出了手，但在即將回抱他的前一秒，他放開了我。就只差一點點。

「抱歉，我認錯人了。」任璟翔低著頭，不曉得是因為尷尬還是失落。

也可能兩者都有吧，因為認錯了人而感到尷尬，又因為我不是她而覺得失落。

突然，有股難以言喻的感覺，在我的心底落了空。

「你夢見你喜歡的那個女生了嗎？」我的疑問就這麼不受控地脫口而出。

任璟翔愣了一下，接著才「嗯」了一聲。

我自嘲地笑了笑。他不像衍恆，並沒有忘記和那個女生有關的一切，牢記到會夢見的程度，他心底早就已經住著另一個人。

有那麼一瞬間，我居然還妄想著自己可能是她。我只不過是意外看見了他們的故事，就自以爲與我有關，甚至還不知分寸地嫉妒那個被深愛著的女孩……

等等，我剛剛想到的詞，是嫉妒嗎？我瘋了嗎？

我被自己突然萌生的想法嚇到，不明白如此奇怪的念頭是從何而來。

「學長，你怎麼會在這裡？身體不舒服嗎？」我趕緊岔開話題，想忘掉方才的胡思亂想。

「我沒事，只是沒睡好，失眠好一陣子了，來補補眠。」任璟翔對我擠出一個微笑。

「怎麼了嗎？是考試壓力太大了嗎？」我擔心地問，「雖然我沒辦法眞正體會你的壓力，但我可以陪你聊聊呀。」

任璟翔沉默了一會，靜靜地看著我。

被他這麼盯著看，我有些不自在，抿著唇，努力想找話題。

「如果……」任璟翔擠出兩個字後，又停了下來，像是在猶豫該怎麼開口。

我終究沒等到他的後半句話，只等來了因爲擔心我而跑來健康中心的漫漫……以及鄭宇淮。

「可芮！妳怎麼沒說一聲就自己來健康中心了？妳的腳都受傷了，還走這麼遠的路。」

任璟翔聞言，愣了一下，停止下床的動作，「妳受傷了？」

「不小心扭了一下。」我不自覺地縮了縮腳。

「哪一隻腳？」

「呃……左腳。」

待我聽從任璟翔的指令，半坐臥在病床上後，他便去裝了一袋冰塊，替我冰敷腳踝。

「擔心別人之前，要先照顧好自己。」任璟翔摸了摸我的頭，「妳好好休息，回家之後記得繼續冰敷，我先走了。」

他朝我揮手道別，又向漫漫和鄭宇淮點頭致意後，才離開健康中心。

我莫名的有些難為情，但我分不清是因為病床上還帶著些許他躺過的餘溫，還是因為他的話裡帶了點親暱的語氣。

一轉頭，我發現漫漫正用探詢的目光盯著我看。

我沒想太多，問道：「他怎麼會跟妳一起過來？」

「我才沒有跟他一起過來。」漫漫瞪著鄭宇淮，「我快走到健康中心的時候，發現他鬼鬼祟祟地站在門外。」

我心中的警鈴大響。

「你到底想做什麼？」我質疑道，「我被關在社團辦公室的時候，你也突然出現，未免太剛好了吧？」

鄭宇淮挑眉，「那妳們又是在做什麼？」

「什麼意思？」

「妳跟楚漫晰這陣子突然變得很要好，信任對方的速度和程度快得不合理。我好幾次看見妳們在竊竊私語，像是在討論著什麼不爲人知的祕密。」

原來鄭宇淮一直默默地觀察我們！

「不用你管。」漫漫不耐煩地回道，「難道我們成爲好朋友這件事，也要跟班長報備嗎？」

「楚漫晰，妳的個性似乎和妳一直以來表現的形象不太一樣。」鄭宇淮不以爲意，反倒笑了。

他轉身向外走，走到門口時，又停下了腳步。

「韓可芮，是我發現妳被關在社團辦公室裡，也是我通知楚漫晰的，所以我才會和她一起出現。妳應該要感謝我吧？」

語畢，鄭宇淮不等我回答就走了。

「漫漫，是這樣嗎？」我問道。

漫漫點了點頭，「我當時聯繫不上妳，是鄭宇淮跟我說，他看到妳走進綜合大樓，又看見我們班的女生從裡面跑出來，叫我去確認一下。」

我將被作者的簡訊騙去社團辦公室的事，以及被反鎖的情況告訴漫漫。

「妳說，鄭宇淮是眞的碰巧看見，還是假裝不知情？」

「但如果他眞的是作者，何必大費周章把妳關起來，又救妳出來？」漫漫不解道。

「我還眞不知道。」和她面面相覷時，我忽然想到一件事，「啊！」

「怎麼了？腳很痛嗎？」漫漫緊張地問。

「不是，我只是想到鄭宇淮剛剛對妳說的話，會不會給妳帶來麻煩啊？」

在大家眼裡，漫漫一直是文靜溫順的形象，可她剛才對鄭宇淮的態度毫無僞裝，我怕會給她帶來不好的影響。

「我無所謂，隨便他怎麼說。」漫漫揚起一抹好看的燦爛笑容，「我覺得能做自己反而比較好。」

因爲扭傷的關係，連續一週，我都一拐一拐地走路。

幸好我的努力沒有被辜負，最後取得了好的成果，我們班榮獲年級總排名第二的殊榮。

人際關係方面也如我所願，因爲我的認眞與付出，不少同學都對我改觀了。

能和同學們友好相處，其中不乏漫漫總是替我說好話的功勞，還有衍恆站在我這邊的效果，但更重要的是團體活動凝聚了班級的向心力，讓負傷參賽的我，顯得格外眞誠，成功打動了同學們。

我不覺得自己眞的做錯了什麼事，也不是爲了取得誰的原諒才這麼努力，但誰都不想當一個不受歡迎的人。

我不需要他們喜歡我，我只是不想被他們討厭、當成怪胎。

現在，同學們終於不再把我當成空氣，好事之人也讀得懂周遭氣氛，不再時不時對我冷言冷語，我在學校裡的處境大大改善。

最令我跌破眼鏡的是，副班長和體育股長居然主動向我道歉。

她們約我出去聊聊時，我還有點害怕，找了漫漫陪同。

「對不起！」她們同時低頭鞠躬，嚇了我一跳。

「是我說服她一起陷害妳，讓妳參加好幾個比賽項目。我知道妳一點也不擅長球類運動，就想找妳麻煩、看妳出糗。之前，我一味地認定妳就是欺負漫晰的人，她替妳解釋時，我也覺得是她太單純才會被妳騙。」副班長咬著唇，解釋道。

我捏緊衣角，壓抑怒氣，「我有對妳做過什麼不好的事嗎？憑什麼擅自認定我是這種人？」

「憑我自以爲是的正義感吧。」副班長自嘲地笑了笑，「大家都說妳有妄想症，我就覺得妳會因爲喜歡鐘衍恆，而去傷害他喜歡的人。」

「我也有錯，身爲體育股長，我不該在這麼重要的活動上濫用職權。」體育股長自責地道，並沒有將責任全推卸給副班長，「看到妳綁著繃帶，一跛一跛地走到比賽場地的時候，我還以爲這是妳的苦肉計，沒想到妳眞的受傷了。」

「還有一件事，我們也想向妳道歉。」她們互看了一眼後，副班長滿臉歉意地說，「對不起，把妳鎖在社團辦公室裡的人，是我們。」

竟然是她們！

原來，鄭宇淮說的是眞的，從綜合大樓裡跑出來的女生是副班長和體育股長。

「妳們爲什麼要這麼做？」我的怒意冉冉升起。

我很確定把我騙去社團辦公室的人是作者，可爲什麼將門鎖上的人會是她們，而非作者呢？

「我們收到一則匿名簡訊，說妳會去社團辦公室，叫我們去把門鎖上嚇嚇妳，接下來的事他會處理。」

果然是作者搞的鬼，他把我騙到社團辦公室後，再叫看我不順眼的她們，將我鎖在裡頭。

「我當時可能是瘋了吧，看到妳早上發球比賽表現得很好，想讓妳出糗的念頭沒如願，就……」也許是發現自己的行爲實在太過分，副班長羞愧地說不下去，「後來妳遲遲沒來報到，我才發覺事情的嚴重性，但又不好說出實情。」

「總之，眞的很對不起！如果妳不想原諒我們，我們也無話可說，畢竟是我們做得太過分了。」她們又深深一鞠躬，誠懇地道歉。

副班長和體育股長確實對我做了很過分的事，但我知道，將我關在社團辦公室裡的幕後黑手是作者，她們只不過是作者的棋子。

見漫漫面有慍色，轉頭看向我，像是想替我打抱不平，我連忙對她搖頭。

深吸了一口氣，我說：「我確實不想原諒妳們，但我接受妳們的道歉，希望以後大家相安無事就好。」

繼續生她們的氣也沒用，不如就讓這件事這麼過去，至少能維持友好的普通同學關係。

「沒想到居然是她們把妳鎖在社辦，明知道妳當時馬上就要參加比賽還這麼做，太過分了！」回教室的路上，漫漫還是沒忍住，忿忿不平道。

「但把我騙去社辦的是作者，他才是這件事的始作俑者。」

「不，妳不能這麼想。就算是作者指使的，但選擇權依然在她們手裡啊，是她們選擇這麼做的。」她堅定地對我說，「而且妳不覺得很搞笑嗎？我又沒有要她們幫我打抱不平，自以爲是的正義才不是正義，只是拿我當藉口，合理化她們的惡劣行爲罷了。」

漫漫說得沒錯，我也並非不懂這個道理，我只是不想和她們起衝突，因此將事情全都推給作者，說服自己不要再追究。

「你爲什麼要把我騙去社團辦公室？」

下課時間，我獨自到後走廊的陽臺透透氣。

本來是想向作者興師問罪的，可傳簡訊時，我卻沒了那個氣焰。

作者遲遲沒有回覆，於是我又問：「你爲什麼要騙我，那裡有任璟翔的故事？」

那裡明明什麼都沒有，只有莫名出現在我腦中的，不屬於我的記憶片段。

「我是在幫妳。」

這一次，我很快就收到了回覆，但沒頭沒尾的，我根本不懂他的意思。

難道作者把我關在社團辦公室裡，不是爲了讓我無法參賽，而是要讓我看見那些片段？

「韓可芮。」

一旁傳來熟悉的叫喚聲，我轉過頭，果然見到了衍恆。

「妳的腳傷還好嗎？」

「快好了。」我微笑道。

「那就好。」他學我趴在陽臺邊，眺望遠方。

「對了，我想跟你說一聲謝謝。」

衍恆側過頭，「謝什麼？」

「謝謝你這段時間陪我練習發球，能取得好成績，你是一大功臣。」

「我的直覺很準吧？」

「什麼？」

他揚起爽朗的笑容，「我不是說過了嗎？妳一定沒問題的。」

「是啊，還眞被你感應到了呢。」我被他的笑意感染，心情頓時好了不少。

「這樣想想，是我該謝謝妳才對。」衍恆忽然說。

「咦？」

「妳讓我更篤定，相信自己的直覺，是正確的選擇。」

眼前的少年，雙眸明亮又清澈，閃著一抹堅定的光芒。

我眨了眨眼睛，竟不知該如何反應。

一陣風拂了過來，似乎有些什麼正萌動著。

「事情不是都往好的方向發展了嗎？怎麼感覺妳悶悶不樂的呀？」在操場邊和漫漫一起吃午餐時，她突然問道。

「啊？」我愣了愣，「我看起來悶悶不樂嗎？」

她點點頭，「而且很明顯。」

「我自己都沒發現，但可能是有點心煩意亂吧。」

「跟任璟翔學長有關嗎？」漫漫小心地試探。

「妳爲什麼這麼說？」我嚇了一跳，我沒怎麼和她提過任璟翔啊。

「我猜的，但看來沒猜錯。」她莞爾一笑，「原本想著要是跟任璟翔學長無關，我下一個就猜運動會當天在社辦發生的事。」

「這兩個猜測都沒有錯。」既然她都猜到了，我也不打算否認。

我深呼吸，稍稍沉澱了一下心情，才開口說：「其實，我最近經常會看見一些奇怪的畫面。」

「奇怪的畫面？」漫漫不解地蹙眉。

我將這段時間以來，在我腦中閃現的那些關於任璟翔的片段，統統告訴漫漫。

「我的腦子亂成一團，都要開始懷疑自己是不是眞的有妄想症了。」我試著開玩笑，卻發現我根本笑不出來，「那種感覺好眞實，彷彿我親身經歷過……我曾經想過，那會不會是被我遺忘的記憶，但事實卻不是如此。任璟翔和我經歷了一樣的事，他也被他喜歡的人遺忘了，我猜，那些閃現的畫面，是他和他喜歡的人所經歷的片段。」

注意到漫漫看我的眼神越發心疼，我趕緊說：「唉唷，妳不要誤會，我只是因爲用第一視角看到那些片段，一時之間無法出戲，才會在發現那不是我的記憶時，有一點失落而已。」

眞的就只是一點點而已。

漫漫垂下眼眸，接著似是想到了什麼，忽然睜大眼睛，「萬一，故事不止重啟了一次呢？」

「我也有這麼猜測過，可是……」

漫漫沒等我把話講完，又道：「既然能重啟一次，爲什麼不能重啟第二、三次？」

她激動地握住我的雙手，「搞不好妳看到的那些片段，眞的是妳的記憶！如果任璟翔說的那個女生，其實就是妳呢？鐘衍恆在作者的影響下忘記了妳，妳也有可能和他一樣，把任璟翔給忘了啊！」

我剛要開口反駁，漫漫又搶先說道：「妳快想想，他有沒有說過什麼關於他喜歡的人的事。」

忽然，任璟翔的話，竄進我的腦海——

「我害怕就算找到作者，那個女孩也不會想起我。」

「更何況，她已經喜歡上別人了，我不知道現在的她，究竟希不希望想起過去的事。」

我喃喃地道：「他……他說他喜歡的女孩已經喜歡上別人了，他不知道現在的她，希不希望想起過去的事。」

所以他才會說那個女生已經喜歡上別人了？因爲「她」就是我？

我用力甩了甩頭，想甩開這個荒唐念頭，「不可能吧！他從沒這樣暗示過我，而且如果眞是這樣，他爲什麼要鼓勵我找到作者，讓作者還給我原本的世界？」

「妳不是說任璟翔不確定他喜歡的女生是否想恢復本來的記憶嗎，這樣不就正好能對上嗎？他看妳一股腦地想讓鐘衍恆重新喜歡上妳，要怎麼告訴妳，在最原始的故事中，你們才是一對？」漫漫越說越興奮，極度肯定這個猜測，「如果作者從一開始就是在誤導妳呢？刻意不讓妳知道妳跟任璟翔有一段過往，還讓妳誤以爲，妳記憶中的『過去』，是最一開始的故事世界！」

「可、可是……」

「妳們剛才說的，是什麼意思？」

身後傳來的低沉聲音，令我和漫漫不約而同地僵在原地。

「故事世界又是什麼意思？」鄭宇淮走到我們面前，勾唇一笑。

第五章　我所看見的光

我跟漫漫互看了一眼，拚命向對方使眼色。

「啊？什麼？」漫漫擠出一個假笑，裝傻說道。

鄭宇淮噙著笑，「妳們剛才的對話，我都聽見了。」

「我們有說什麼嗎？只、只是……在聊漫畫情節而已。」我支支吾吾地道。

「是嗎？」鄭宇淮看起來壓根就不相信，「那我把妳們剛才說的話都和阿恆分享，應該也沒關係吧？反正只是漫畫情節嘛。」

我和漫漫面面相覷。面對聰明的鄭宇淮，是沒辦法靠裝傻糊弄過去的。別無他法，我莫可奈何地說：「你想問什麼就問吧。」

「幹麼順著他的意啦？」漫漫咬牙切齒，對我嘀咕。

「我有什麼辦法？他都已經聽到了啊。」我小聲地回應。

鄭宇淮似笑非笑地看著我們，像是在看掉進圈套的獵物。

他這樣的行為確實很像吊著我玩的故事作者，但如果他真的是作者，何必這麼問我呢？難道是想探聽我知情到什麼程度了？

「所以，故事世界是什麼？」

「我們存在的世界，只是一本小說。」我認眞地對鄭宇淮說，隨後又對他笑了笑，「如果我這麼說，你相信嗎？」

「我說我相信，妳就會跟我說明一切嗎？」他雙手插兜，反問我。

無論鄭宇淮是想探一探敵情，還是出於別的理由這麼問，都無所謂了。我決定趁著這個機會，調查他到底是不是作者。

「我在圖書館找到一份小說原稿，上面鉅細靡遺地記錄著發生在我身邊，卻被除了我以外的所有人忘記的事。裡面還藏著一封信，寫信的人自稱他是這本小說的作者，是他改寫了大綱，改掉了大家的記憶。」我慢慢地說，邊說邊觀察鄭宇淮的表情，「這個世界就只是一個故事，我們都是故事裡的角色，這就是你想知道的一切。」

鄭宇淮遲遲沒有說話，讓我莫名地有些惶恐，「如、如何？這本漫畫的設定滿有趣的吧？」

「很有趣。」鄭宇淮低聲輕笑，「這個世界比我想像中的有趣。」

「啊？」我跟漫漫都愣住了。

「我早就懷疑這個世界不對勁了。」鄭宇淮推了推鼻梁上的眼鏡，露出饒有興致的神情，「起因是妳奇怪的言行舉止，妳本來的形象跟阿恆那些無聊的花痴粉絲大相徑庭，卻在某天突然宣稱你們正在交往，即使被惡言相向、排擠，妳也不肯改口。妳的轉變太反常了，所以我稍微留意了一下。」

我此刻的驚訝不亞於當初聽到漫漫自己推理出了眞相，我沒想到鄭宇淮竟然一直在默默觀察我。

「再加上阿恆找我聊過好幾次，他說他經常會做出一些連他自己都無法理解的事，總是不自覺地想保護妳。他覺得那樣的感覺很熟悉，彷彿他以前也這麼做過。」鄭宇淮緩緩地道。

「在我的印象裡，你們從未有過交集，照理說，他不應該產生這樣的想法，但如果妳之前說的是真話，妳和阿恆真的在交往，那就只能猜測是有什麼原因導致所有人忘記這件事，而妳剛才的說法恰好能說得通。」鄭宇淮將自己的推論全盤托出，「只要能夠解釋眼前不合常理的情況，就算聽起來難以置信，也可能是真相，所以我相信妳說的，我們活在一個被改寫過的故事裡。」

「你居然這麼輕易就相信了？不怕我只是在騙你嗎？」我驚呆了，想當初我花了好多時間，才說服自己這個世界只是一本小說，怎麼到了漫漫和鄭宇淮這裡，他們一下就接受了？

「韓可芮，妳沒有聰明到能說出這樣的謊，我也沒有笨到看不出來妳是不是在唬我。」

漫漫一時憋不住，笑出了聲，我氣急敗壞地瞪了她一眼。

「不瞞妳說，比起無聊到不行的日常，我反而覺得得知自己身處故事之中更有趣一些。」

「哇，漫漫，你們兩個好像喔。」我忍不住感嘆。

「誰要跟他這種怪咖像啊？」這下換漫漫不高興了。

「但你們得知眞相後，說出來的話很像啊，你們都覺得這樣比較有趣。我跟你們不一樣，當初可是沮喪了好一陣子。」

「有什麼好沮喪的？」鄭宇淮問。

「你們不覺得，發現自己只是故事裡的角色，就會開始懷疑什麼是眞的，什麼又是假的嗎？也不知道自己做的決定到底是出於本意，還是早就被作者寫好的發展。」

「是眞是假有那麼重要嗎？人生在世，本來就是在書寫故事。只要是審愼思考後做的決定，那就是出自於自己，是妳的選擇決定了故事的走向。」

我看向漫漫，笑著道：「果然跟妳好像，總覺得你們會合得來。」

漫漫對我翻了個白眼，不想回應。

聽了鄭宇淮的這番話後，我認爲他並不是作者。

「坦白說，我們本來懷疑你就是故事的作者，因爲在我找到故事原稿的那天，你恰好出現在圖書館，而且原稿擺放的位置，正好在你二月二十三號借閱的書旁邊。二月二十三號，是作者給我的提示。還有幾次，作者傳訊息叫我去某個地點，我都見到了你，像是運動會當天，我被作者騙進社團辦公室，你又很剛好地目擊我走進綜合大樓。」

鄭宇淮皺著眉，一副在回想的樣子，「運動會那天，我只是想找個清靜的地方，遠離吵鬧的人群。」

「圖書館也是巧合？」漫漫懷疑地問道，「單純的巧遇就算了，但故事原稿就放在你借過的書旁邊，這未免有點太巧了吧？」

「妳們說的是哪一本書？」鄭宇淮問。

「《愛因斯坦的夢》。」那天發生的事太震撼了，每個細節我都牢記於心。

沉默了半晌後，鄭宇淮像是想起了什麼，忽然笑了，「我沒有借過那本書。」

我著急地打斷他，「怎麼可能？借書紀錄上……」

「準確來說，那本書不是我要看的，是有人忘了帶借書證，請我幫忙代借。」

「是誰？」我怔怔地問。

「羅允欣。」

原來，那本書眞正的借閱人是羅允欣。

「你的意思是……」我感覺事情變得更複雜了，「羅允欣可能是作者？」

鄭宇淮沉吟了片刻，「不排除有這個可能，就算她不是作者，她也可能是見過作者的人。」

我本來以爲，在經歷之前的種種事件後，我和羅允欣會形同陌路，沒想到她現在竟成了眼下最接近作者的人。

我不禁想起，我們兩人成爲朋友的過程。

火車上的見義勇爲事件是我們相識的契機，於我而言，和自己幫助的人成爲同班同學，是有些驚喜的巧合，但對於羅允欣呢？她得知我和她同班時，是什麼感受？

我能感覺得出來，羅允欣和我，比起交心的好朋友，更像是熟識、會一起行動的朋友。比一般同學再要好一些，但遠不及我和漫漫那樣的關係，那怕我和羅允欣認識的時間其實更長。

我想找個機會和羅允欣和好，再向她打探圖書館的事。

然而，經過運動會之後，我跟她的處境反了過來。

現在，有些同學時不時會對她冷嘲熱諷，就像以前對我那樣，而這使我更難以接近她。

「羅允欣根本就是牆頭草嘛，當初看到韓可芮不受大家待見，比誰都還要急著遠離她。」

「我記得她們之前本來很要好，但羅允欣一句話都沒幫韓可芮說過，才讓大家對韓可芮的誤會更深不是嗎？」

「看起來乖乖的，沒想到這麼勢利眼。」

儘管羅允欣在我最需要她的時候，選擇視而不見，但客觀而言，她只是選擇了閉口不言，並沒有落井下石。

說穿了，大家只是不想承認自己從眾排擠我的行爲既過分又愚蠢，才會把責任全推到羅允欣身上。

打掃時間，幾個原先和我比較熟，卻在認爲我精神異常後便疏遠我的女生，主動來找我談話。

「可芮，我們想爲之前疏遠妳向妳道歉。」

「妳當時的舉止太令人費解了，我們有點害怕，才會和妳保持距離。」

「但最近鐘衍恆和楚漫晰都幫妳說話，再加上妳在運動會上的表現，我們才想說，之前大概是個誤會……」

「抱歉，在妳被刁難時，我們沒有爲妳挺身而出，但還是希望妳能盡釋前嫌，忘掉之前的不愉快。」

我曾經很渴望得到同儕的接納，特別是她們這幾個和我走得很近的同學，可如今聽到這些話，比起喜悅，我反而覺得有點好笑。

爲什麼聽起來有一種「雖然妳以前不太正常，但現在妳在班裡的形象變好，所以我們決定原諒妳，妳也別放在心上了」的感覺？

她們不知道故事重啟的事，所以對於她們而言，我從前說的話，確實難以理解，可我也沒做什麼傷天害理的行爲啊，爲什麼我得受到那樣的對待？

我被學姐們欺負，被班上同學刁難時，她們都只是冷眼旁觀，甚至可以說是站在多數人的那一方吧？

此刻的求和，恐怕也只是順應班上氛圍，或是擔心我會跟鐘衍恆告狀。

「我們都覺得羅允欣眞的太過分了。她以前跟妳這麼要好，卻沒有在大家誤會妳時幫妳講話，這根本就是背叛！」也許是擔心我的沉默是在拒絕她們的求和，其中一個女生刻意想挑起我的怒火，試圖使我和她們站在同一陣線。

那妳們不也一樣嗎？

我被漫漫傳染，吐槽的話差點脫口而出。

「可芮，妳不用怕她，現在大家都看清她的眞面目了，不會再讓她欺負妳了。」

「我沒有害怕，她也沒有欺負我，我們就只是各自有了不同的交友圈而已。」我微微一笑，向她們解釋，「我知道妳們是擔心我，但我不是很喜歡這種敵對的狀態，以後不用這樣啦，我沒事的。」

我不想成爲她們排擠另一個人的藉口，也不想爲了羅允欣得罪她們，只能委婉地這麼說。

「欸欸，羅允欣剛才好像站在柱子後面。」另一個女同學忽然壓低了聲音說。

我順著她的話轉頭，只見到一閃而過的制服裙角。

「沒有其他事的話，我先回去打掃了喔。」我找了個理由離開後，趕緊跟了過去。

「允欣！」我在走廊的轉角處叫住了她。

羅允欣停下腳步，回過頭，面無表情地看著我。

「她們說的話，妳都聽見了嗎？妳不用放在心上，她們只是隨口一說而已。」我試著向她示好，希望能以此作爲破冰的契機。

羅允欣沒有說話，也沒有移動腳步，只是靜靜地盯著我。

「我有個問題想問妳。」我決定用閒聊的方式試探她，「妳還記得之前妳跟鄭宇淮借借書證的事嗎？我想問妳借那本書的時候，有沒有在書裡看見什麼？或是還書那天有沒有發生什麼特——」

「我爲什麼要告訴妳？」羅允欣打斷我的話，語氣裡有著過往從未出現過的敵視，「妳以爲妳剛剛那麼說，我就會感激涕零嗎？韓可芮，我告訴妳，我眞的很討厭妳這個樣子。」

語畢，她頭也不回地轉身離去。

此刻的羅允欣，令我感到十分的陌生，同時，我也突然發現，我未曾眞正了解過她。

時隔一段時間，我再次和任璟翔見面。

或許是因爲好幾天沒見面的關係，也或許是因爲漫漫那天說的話，在前往涼亭的路上，我莫名的有些緊張。

以前我們都是怎麼相處的呢？

都是我先說話，還是任璟翔？等等見到他要先打招呼，還是微笑？

我用力地拍了拍雙頰，想讓自己振作一點，別再胡思亂想。

遠遠地，我看見那抹再熟悉不過的身影。

「來啦？」一看到我走近，任璟翔便露出淡淡一笑。

很神奇的是，一見到他的笑臉，我方才緊張的心情立刻就消失了。

寒暄了幾句後，我迫不及待地和他分享我在班上的境遇改變的事。

還來不及講到本來被我懷疑是作者的鄭宇淮，也得知了故事世界的眞相，我的注意力就因爲他略顯疲憊的樣子而轉移。

「學長，你還是睡不好嗎？」我擔憂地問。

「我沒事。」

雖然他說沒事，可他的微笑看起來卻有點勉強，「眞的嗎？可是……」

任璟翔打斷我的話，「既然妳和班上同學的關係已經恢復正常，是不是就代表，妳不需要我了？」

我沒想到他會這麼問，先是驚訝地愣了幾秒，隨之而來的，是湧上心頭的喜悅。

我不知道這份喜悅因何而起，莫名的有點惶恐，想掩飾這異常的情緒。

「怎、怎麼會呢？只有學長你最清楚所有事的來龍去脈，如果沒有你，我可能無法撐到現在。」慌亂之餘，我急著想岔開話題，「對了，還有一件事，我想聽聽你的意見。」

我緩了緩，才開口道：「這段時間，我腦中頻繁地閃過另一個版本的記憶，讓我一直處於很混亂的狀態。」

任璟翔一怔，「另一個版本？」

「嗯，有點難以啟齒……」我抿了抿嘴，躊躇了一會才找到如實陳述的勇氣，「我看見了幾個和你有關的片段，在那些片段裡，你的個性和現在不太一樣，還有，你和某個女生似乎很親暱，我不確定那個人是不是我……」我越說越小聲。

我擔心任璟翔會用異樣的眼光看我，以爲我對他產生了幻想，講完才怯生生地偷看他。

只見他難掩眼底的震驚，張了張嘴，但很快又恢復了鎮定。他不說話，令我更緊張了，趕忙解釋道：「你、你當我是亂說的好了，可能是我把夢境跟現實搞混了啦，哈哈哈！我可能是最近壓力大，亂作夢而已，你不要誤會喔，我沒有……」

「那妳覺得哪一個版本的記憶才是眞的？」任璟翔打斷了我的解釋，用十分認眞的神情看著我。

我頓時不知該如何反應。

如果閃現的記憶全是假的，他應該要笑笑地對我說「是嗎」，而不是煞有介事地這麼問。

但如果那些片段眞的是我和任璟翔的過去，那我和鐘衍恆之間的回憶又算什麼？難不成《予以暗夜的晨星》這個故事，眞的不止重啟了一次？

「看來妳應該是希望，和鐘衍恆有關的回憶是眞的，對吧？」任璟翔忽然輕笑了幾聲，邊說邊慢慢靠近我，「畢竟那是妳早已認定的事，也是妳一直以來努力的方向。」

「但如果和我有關的片段，才是眞實的，妳要怎麼辦呢？」任璟翔的臉上仍舊掛著微笑，但他的模樣，卻和我印象中那個溫柔學長相去甚遠，更像是閃過腦海的那些片段裡，略微腹黑的形象。

他突如其來的問題，使我更加不知所措，囁囁嚅嚅地說不出一句完整的話。

「需要我幫妳確認看看嗎？」他笑了笑，眼神中閃著昏暗不明的光。

「啊？」

在我還不明白任璟翔話裡的意思，更來不及反應的時候，他已經俯身吻住了我的唇。

他的氣息撲面而來，不知怎的，我無法推開他，甚至不合時宜地覺得此刻的一切有些熟悉。無論是任璟翔身上淡淡的檸檬香氣，還是他緊閉著的雙眼、微微蹙著的眉，又或者是來自他嘴唇上的溫熱觸感，我彷彿早已經歷過這一幕。

是我的錯覺？還是我潛意識想這麼做……等等，我在亂想什麼啊？

不可能！我是鐘衍恆的女朋友，怎麼可能會渴望任璟翔的觸碰？

雖然鐘衍恆忘了我們正在交往的事，但嚴格來說，我們沒有說分手，我不能做出背叛他的事！

排山倒海的自我譴責折磨著我，我瞬間恢復理智，伸手推了推任璟翔，可他不爲所動，甚至緊緊地抱住我，加深了這一個吻。

我不懂，任璟翔爲什麼要吻我？他口中的幫我確認，是要我確認自己的心意嗎？

我喜歡的人是鐘衍恆，他比誰都要清楚啊。

更令我痛苦的是，此刻眞正讓我想哭的原因，並不是任璟翔強吻我，而是我能透過他的擁抱感受到，他比我要難受無數倍。

此刻的他，就像是溺水後逐漸下沉的人，除了煎熬還帶了些絕望。

我情不自禁地想擁住他的脆弱，可是這樣的念頭不應該出現。

「放手！」突然，有人用力地把我拽到一旁，緊接著，任璟翔被那人狠狠揍了一拳，隨即摔倒在地。

「你沒看到可芮不願意嗎？」鐘衍恆將我護在身後，對著任璟翔厲聲道。

任璟翔沒有站起身，低著頭不發一語。

「學……」我嚇了一跳，還來不及開口關心任璟翔，就被鐘衍恆拉走了。

我頻頻回頭，任璟翔卻始終沒有看向我，任憑我再怎麼擔憂，也無從得知他此時的想法。

「鐘衍恆，我沒事了，你可以放開我了。」我重複了這句話好幾次，鐘衍恆卻都沒有反應，一直緊緊地握著我的手。

我只好加大音量，又喊了一次：「鐘衍恆！」

「啊？什麼？」鐘衍恆總算回過神，停下腳步，回頭看我。

「我說，我已經沒事了，你別擔心。」

「喔……啊！我不是故意的。」他這才注意到我們正交握著的手，慌忙地鬆開手解釋道，「這是下意識的動作，抱歉！」

我被他的反應逗笑了，「沒事啦，你不用道歉。」

我原本想問他為什麼會出現在涼亭，甚至有點想問他剛才究竟看到、聽到了多少，可是見到他如此窘迫的模樣，我便打消了念頭。

「走吧，該回教室了。」我朝他莞爾一笑，打算就這麼帶過這尷尬的氣氛。

「等一下。」鐘衍恆忽然叫住我，「我有話想跟妳說。」

我愣了愣，「現在嗎？」

「對，就是現在。」他臉上的尷尬表情已然退去，眼中閃著堅定的光芒。

我抿著唇，靜靜等他開口。

「韓可芮，我喜歡上妳了。」鐘衍恆跳過了所有鋪陳，毫無預兆地向我告白。

我大吃一驚，手足無措地看著他。

「最近，我總是在想和妳有關的事……想那一段被認真我遺忘的感情，想近期發生在我們之間的事，我滿腦子想的都是妳。」鐘衍恆認真地看著我，對我說。

「我很抱歉我曾傷了妳的心，一想到我在全班面前對妳說的那些話，我就非常後悔。我也很抱歉我想不起來我們的過往，但我希望，從現在開始能和妳一起創造新的回憶。我保證我絕對不會再忘記，這就是現在的我得出的答案。」鐘衍恆的目光十分真誠。

面對鐘衍恆的告白，我不知怎的，竟有些不知所措，「我……」

我知道自己應該給他一個回應，不能只是愣在原地。沒想到，當我結結巴巴地要開口回答時，鐘衍恆卻突然捂著頭蹲了下來，發出痛苦的低鳴。

「怎麼了？」我驚慌地跟著蹲下，「鐘衍恆！你還好嗎？」

我拉著他的手臂，想確認他的狀況，可他卻緊緊抱著頭，對我的叫喚聲充耳不聞。

正當我起身想去找人幫忙時，鐘衍恆倏地站了起來，接著伸手一拉，將我攬入懷中。

「現在是什……」

「我想起來了！」他在我的耳邊說道，「可芮，我全都想起來了！」

我一愣，「什麼意思？」

「剛剛突然有很多畫面竄進我的腦中，全都是和妳有關的畫面，我想那些就是我丟失的記憶。」鐘衍恆仍然緊緊擁著我，說話時的聲音聽起來悶悶的，「我不知道為什麼我會忘記，但我猜我找回記憶的原因，應該和我意識到自己喜歡妳有關。」

我沒想到鐘衍恆恢復記憶的這個瞬間會來得這麼突然，並以這樣的形式發生。難道是因為他違背了作者的設定，喜歡上不再是女主角的我，從而影響了故事情節，才會找回故事重啟之前的記憶？

「可芮，對不起，我不該忘記我們之間的回憶，更不該放妳一個人獨自面對一切。妳願意再相信我一次，繼續跟我在一起嗎？」

我夢寐以求的事終於成真了，然而……我卻沒有想像中的高興。

莫非是因為之前一夕之間被眾人遺忘，使我產生了心理陰影，所以現在無法坦然地感受喜悅？

不論是什麼原因，我決定，將故事世界的事告訴鐘衍恆。只有這樣，才能向他說明他為什麼會失憶，以及我猶豫的理由。

深吸一口氣後，我輕聲開口：「鐘衍恆，有一件事，我想好好地跟你解釋。」

「嗯，妳說吧。」

「但……你可不可以先放開我呀？」我不好意思地說。

聞言，鐘衍恆馬上放開手，朝我露出微笑。

「謝謝。」我還不太習慣切換回過去親暱模式的他，只好故作自然地鬆開手，「我接下來要說的事不太合常理，我不曉得你會不會相信，但……」

「我相信。」鐘衍恆篤定地說。

「我什麼都還沒說耶。」

「以後我只相信妳說的話。」

我怔怔地看著他，難以相信我熟知的那個鐘衍恆，就這麼回到我的身邊了。

我清了清喉嚨，努力保持鎮定，將故事世界的眞相告訴鐘衍恆，包括我們都只是故事裡的角色、他忘記我的原因，以及他的感情或許會受到作者操控的事。

語畢，我忐忑地觀察他的反應。

「原來如此，現在我終於知道，爲什麼我會莫名其妙地忘記以前的事，前段時間還忘記自己要陪妳一起練習發球。」或許是察覺我的緊張，鐘衍恆笑著道，「妳放心，我相信妳說的話，儘管這個眞相不合常理，但確實也解釋了我這陣子的感受和反常的舉動。不過，有一件事，我覺得妳說錯了。」

「咦？」我困惑地看著他。

「就算那個作者曾經透過改寫設定來左右我的感情，但我很肯定我的心意並不全是受到他的影響。妳不是說他把女主角改成了楚漫晰嗎？可是我還是再次喜歡上妳了啊。」

「不管他把故事重寫幾次，我相信，我最後依然會對妳動心。」鐘衍恆的笑容既清澈又明亮，襯得他說的話格外眞摯，「我對妳的感情，才不僅僅是一種設定。」

聽到這些話，我不由得爲之動容，可是，心底卻有一道我難以忽視的聲音，要我冷靜一點再做決定。

「我不是不相信你，只是這段時間以來，我經歷的一切讓我對未來感到害怕。我怕隔天故事又被作者重啟，你又忘記了一切。」我小心翼翼地說，「所以，在查明故事作者的身分之前，我們就先維持現在這樣好嗎？」

幸好，鐘衍恆沒有不高興，也沒有露出受傷的表情。

「好，我會等妳。」他坦然地笑道。

面對他的笑臉，我覺得更愧疚了，因爲只有我自己知道，這不過是我用來掩飾猶豫的藉口。

我將鐘衍恆向我表白、恢復記憶，以及知曉故事世界的事，統統告訴了漫漫。

她聽完之後沒有馬上回應，而是靜靜地看了我好一會，像是在觀察什麼似的。

我被她盯得有些不知所措，忍不住問：「怎麼了嗎？」

她抿了抿嘴，莞爾一笑，「沒有啊，我替妳感到開心。鐘衍恆在沒有恢復記憶的情況下就重新喜歡上妳，這不是好事嗎？更遑論他還因此恢復記憶了。」

「是啊。」我輕聲應道。

「那為什麼，妳看起來不開心呢？」

漫漫突然的問句，讓我愣了一下。

「可芮，妳還喜歡鐘衍恆嗎？」她沒有給我思考的時間，緊接著又問。

「妳為、為什麼這麼問？」

「妳自己看，妳現在的表情看起來像是被喜歡的人告白嗎？」漫漫將手機遞給我，原來她趁著我不注意時，幫我拍了一張照片。

我這才發現，照片裡的我，臉上根本沒有笑意。

我趴在欄杆上，沉默了半晌後，緩緩開口：「我應該要喜歡的，不然我這段時間以來，究竟是為了什麼而努力？」

「我不是問妳應不應該，而是在問妳真正的心意！」漫漫沒有給我逃避的機會，她抓著我的肩膀，強迫我面對她的視線，以及她的問題，「可芮，人的心意是會改變的，也可以改變！就算妳改變心意了，也不會怎——」

「我沒有！」我著急地打斷她的話，「我是鐘衍恆的女朋友，我們沒有說過分手，我就應該喜歡他，也只能喜歡他。如今他恢復記憶，我就該答應他的告白，讓一切回歸原位，妳為什麼不這樣跟我說？還要問我這些莫名其妙的問題！」

話一說出口我就後悔了，我不該因爲自己心煩意亂，就對漫漫這麼凶。

這些話與其說是對她說的，不如說我只是想藉此提醒自己——韓可芮，妳清醒一點，妳有妳該好好待著的位置，不要有不該浮現的遐想。

「對不起……我不是故意凶妳的。」我低下頭，不知道該怎麼面對她，也不知道該怎麼面對自己。

「不是妳的錯，是我不該這麼咄咄逼人。」漫漫拉了拉我的手，輕聲說道，「可是可芮，妳沒發現妳剛剛的用詞都是『應該』要怎麼樣嗎？作爲妳的好朋友，我才不管世俗的眼光，我只在意妳的想法。偶爾就是會有明知該怎麼做，心裡卻有個聲音不願意遵從的時候，妳不用對自己那麼嚴苛。我不會怪妳，妳也不要責怪自己，好嗎？」

我怯生生地抬眼看她，對上她溫柔的眼神。

「最重要的是，妳有沒有好好傾聽自己內心的想法。」她朝我揚起一抹微笑。

我拉著她的手，決定聽從心中的聲音。

我閉上眼睛，任由黑暗籠罩，四周的聲響彷彿也逐漸遠去，我的世界頓時變得一片寂靜，靜得只能看見浮現在我心底的那一張臉。

我想起了初見時，他略微疏遠又帶著些許神祕的氣質，想起了他聆聽我說話時，總是很有耐心，處處包容著我的模樣，也想起了他時不時會露出令我感到陌生的一面，卻讓我不禁因爲只有自己知曉他這樣的面貌而感到欣喜……

我想起了好多好多事，而每一件事都和他有關。

良久後，我緩緩睜開雙眼。

「閉上眼睛後，我看見的人，是任璟翔。」我輕聲開口。

只有任璟翔。

現在，我終於能夠坦然面對自己的心意，我最在意的人已不再是鐘衍恆。

「漫漫，妳早就看出來了，對不對？」

漫漫綻開笑顏，點了點頭，「運動會那天，我在健康中心看到你們時，就知道他對妳來說，絕對不僅僅是一個普通學長這麼簡單。」

我曾經喜歡過鐘衍恆是眞的，可是，我此刻因爲任璟翔而悸動的心，亦是眞眞切切。

正視自己的心意改變，不是一件容易的事，隨之而來的羞愧感足以將人淹沒，但我不想再逃避，我想要誠實地面對自己，也坦承地面對任璟翔。

說是要面對，但我也不可能直接跑到任璟翔面前，說我喜歡上他了吧？

更何況我們上一次見面，還發生了無比尷尬的強吻事件。

從那之後，我們便斷了聯繫。

他沒有和我解釋爲什麼要親我，而我也不知道該怎麼開口。

難道眞如漫漫猜測的，我就是他口中那個遺忘他的女生？他所謂的幫我確認，是想藉由親吻讓我想起和他有關的記憶嗎？

鐘衍恆向我表白之後，就恢復記憶了，而我即使承認喜歡上任璟翔，也沒有想起任何關於他的事。

難道表白才是恢復記憶的關鍵？

我躊躇了許久，還是無法在一無所知的情況下跟任璟翔表白，於是，我只好繞回原路，繼續尋找故事作者，期盼找到他的時候，就能知道一切的眞相。

週五放學，趁著漫漫今天不用去補習班，鄭宇淮約了我們一起去車站附近的咖啡廳商討對策。

我不得不佩服高材生的智商和行動力，僅僅是出於對作者的好奇，鄭宇淮就比我這個受最大影響的當事人，還要積極地付諸行動。

爲避免太過引人注目，更怕引起鐘衍恆的注意，我們說好分頭行動，因此當我和漫漫走進咖啡廳時，鄭宇淮已經坐在那等著我們了。

暫時不讓鐘衍恆加入調查是我的主意，因爲我還沒做好向他坦白一切的心理準備，無法毫無顧慮地當著他的面討論尋找故事作者的事。

「我跟楚漫晰商量了一下，我們都覺得找到作者的關鍵拼圖，應該是在羅允欣那裡。」待我和漫漫點好飲料入座後，鄭宇淮直接切入重點。

我嗅出一絲不對勁，狐疑地看著他們。

鄭宇淮跟漫漫什麼時候變得這麼熟了，甚至會私下討論這件事？

難道這就是爲什麼，我提出先不要找鐘衍恆一起討論時，鄭宇淮什麼也沒多問的原因？

察覺到我的視線，漫漫低下頭拿出手機打字。

十秒後，我的手機震動了幾下。

「前幾天鄭宇淮突然說想討論關於作者的線索，我想著妳最近爲了任璟翔和鐘衍恆已經夠心煩意亂了，就先私下和他聊了一下，但我沒有說什麼不該說的事，妳放心！」漫漫傳訊息向我解釋。

我朝她微微一笑，點頭表示理解。其實我一點也不擔心她會多說什麼，只是想到她和鄭宇淮之間似乎有著不太一樣的氛圍，覺得有點有趣而已。

「不論是把妳叫去綜合大樓目睹阿恆和楚漫晰的互動，還是指使副班長和體育股長把妳鎖在社團辦公室，作者都只需要傳簡訊而已，唯有放置故事原稿這件事，他得親自出面，才能確保那個牛皮紙袋被放在正確的位置。比起偷偷潛入圖書館調取監視器畫面這種不切實際的行爲，不如詢問羅允欣會來得快一些。」鄭宇淮繼續分析道。

我皺了皺眉，忍不住問：「但羅允欣只是借書的人啊，就算當天她有進出過圖書館，就算作者可能親自去放原稿，我們也無法確定她有遇見作者啊。」

「我查了借書證上的紀錄，那本書是在妳收到作者訊息當天被還回去的。若要確保書被還回去後，不被其他人借走，還要滿足先讓妳找到原稿的條件，最安全的做法就是在書被還回去時採取行動。我無法保證羅允欣肯定看見了什麼，但這是眼下最接近妳的線索，無論如何都應該試試看。」

我認同他說的話，也想過要和羅允欣談一談，但只要想到她滿臉敵意地說討厭我的模樣，我就拉不下臉去追問她。

「可芮，我知道要妳再去找羅允欣問話，有點太爲難妳了，可是撇開尋找作者的目的不說，妳們畢竟也當了好一陣子的朋友，妳難道不想知道她爲什麼會討厭妳嗎？」漫漫一開口就直切要害，「如果妳擔心她會做出什麼傷害妳的事，我可以陪妳去找她。我只是覺得出於過去的交情，妳們還是需要好好談一談。」

其實，這段時間以來，羅允欣說的那句討厭，一直縈繞在我心頭。

我想不通自己到底做了什麼，讓她不只是不喜歡我，甚至直接用上討厭這個詞，一筆抹去過往那些一同歡笑的日子。

難道之前的每一次相視而笑，都是她勉強自己裝出來的嗎？

我想知道，眞正的羅允欣是什麼樣子，究竟又在想些什麼。

「沒關係，我會再找她談談看。」我彎了彎嘴角，對漫漫說。

我原本想請漫漫幫我把羅允欣約出來，但想了想還是決定正面出擊，便請鄭宇淮幫我打聽她在圖書館打工的時間，打算直接在放學後到圖書館堵她。

我去圖書館找羅允欣時，她正在書櫃間整理書籍。

「我還在想妳什麼時候會來呢。」羅允欣瞥了我一眼後，繼續擺放書本，「畢竟妳一直都是這種性格。」

「哪種性格？」我覺得她話裡有話。

「只在意自己的目的有沒有達成，不在意有沒有人會因此感到困擾。」

「那妳因為我做了什麼而感到困擾了？」我不想再跟她繞圈子，直接問道，「我到底對妳做了什麼，讓妳這麼討厭我？我們怎麼說也當了好一段時間的朋友，妳從來沒有表達過妳的不悅，是直到我被大家排擠了，妳才總算找到機會遠離我嗎？」

「是啊。」羅允欣總算停下了動作，側過頭看我，「我從來就沒有喜歡過妳，從認識妳那天，妳就一直是我困擾的源頭，偏偏妳還沾沾自喜，把對我來說是厄運的事，當成緣分掛在嘴邊。」

我聽懂了她的話，她從一開始就不希望我和她相認。

「在火車上發生的那件事不是妳的錯，我明白妳可能有點心理陰影不想多談，但我也不覺得我有做錯，為什麼我要承受妳的怨氣？」

羅允欣將手裡的書用力地推回書架，「我沒說錯吧？妳覺得妳在做正確的事，而接受妳的好意的我，就必須感恩戴德？」

「我沒有這麼說！」

「韓可芮，也許妳覺得妳當天的舉動很帥氣、富有正義感，但我告訴妳，如果妳自以為是的正義不是對方需要的，那就不叫做正義！」她憤怒地瞪著我，向我表達深埋在她心底的不滿。

「那妳需要的是什麼？」

「我需要妳別管我！讓我安靜地忍到下車！我都忍了一站了，再多忍一站又怎樣？」羅允欣的淚水在眼眶中打轉，「比起被騷擾，承受眾人的目光更令我痛苦，我一點也不想因爲這樣的事引起其他人的注意。事情已經發生了，被騷擾的事實不會改變，但妳一說出來，就會讓整個車廂的人用看受害者的方式看我，對我來說，就像是受到第二次騷擾！」

羅允欣深吸一口氣，接著說：「我沒想到，開學後居然會在教室見到妳，更可惡的是，妳還提起那件我刻意假裝忘記的事，這對我來說就是第三度傷害。我根本就不想和妳走得太近，但我又不想落單，我能怎麼辦？」

我想起副班長和體育股長對我做的事，她們認爲自己是在替漫漫出頭，以此合理化刁難我的行爲，那怕這根本就不是漫漫需要的正義。

雖然事情的本質不同，但對羅允欣來說，我的行爲的確造成了她的困擾。

更何況，我的動機並不如她想得那麼純粹，在行動之前，我也確實沒有想到羅允欣得承受多少目光和壓力。

突然，我想起了任璟翔，準確來說，是任璟翔在列車上幫助我的片段。

如果是任璟翔聽到這些話，應該會對我此刻的自責感到不以爲意吧。

思及此，我不禁豁然開朗。

「我承認，我當天的所作所爲並不是妳需要的，但我不後悔，倘若有下一次，我也還是會這麼做。或許妳不需要，但不等於其他人不需要，只要我做的事能幫上其中一個人，那怕被十個、二十個妳這種人討厭也無所謂。」我堅定地對羅允欣說，「我不會因爲做了正確的事而向妳道歉，但我承認，我當時的做法確實是考慮不周，應該會有更好的處理方式，能在幫助人的同時，顧慮到對方的心情。事後和妳相認時，我也確實沒有多想，因此我想為了這一點向妳道歉。」

羅允欣臉上閃過一瞬的驚訝，但很快又換回滿是防備的表情，「妳不要以為這麼說，我就會像個傻子一樣感動不已，覺得妳是個大好人。」

「我從來就沒有想裝好人，這麼說也不是想感動妳。事到如今，我知道我們不會再是朋友了，但能把話講開來也未嘗不是件好事，能因此知曉妳眞實的想法也滿好的。」

從相識之初，羅允欣就一直戴著面具，藏起對我的不滿，能在最後讓她卸下武裝，也算不枉過去相處的每一天吧。

她沒有回話，一言不發地咬著唇。

我想，這段對話到這邊也就差不多了，便轉身準備離去。

「等一下。」羅允欣的聲音從後方傳來。

我轉過頭，想聽聽看她還要說什麼。

「妳不是想問，我用鄭宇淮的借書證借的那本書嗎？」羅允欣突然提起這件事。

我立刻意會過來，這或許是她回應我的道歉的方式。

「書裡沒什麼特別的，但還書那一天倒是發生了一件奇怪的事。我要把書拿到櫃臺還的時候，有一個人在圖書館門口叫住我，說他對這本書很感興趣，要幫我還書再直接借走。我當時趕著去代班，就把那本書交給他了。」

鄭宇淮猜對了，羅允欣眞的看見作者了！借書只是藉口，作者的目的是將那本書放回「20-3」的書架上，並將裝著原稿的牛皮紙袋放到書本的旁邊。

但作者怎麼能肯定，我會是第一個找到那本書，以及看見牛皮紙袋的人？他怎麼能肯定，不會有人去動那一區的書？

「妳還記得跟妳拿書的人是誰嗎？」我問道，「或者是他幾年級，有什麼特徵，任何細節都好。」

她點點頭，「是三年級的學長，很有名，所以我有印象，好像叫任什麼……」

我渾身一顫，全身的血液彷彿在一瞬間凝固了。

「任璟翔？」我開口時的聲音，竟也微微顫抖著。

「對，就是他。」羅允欣說。

原來，我要找的人，自始至終就在我的身邊。

我不知道自己是怎麼離開圖書館的，待我回過神來，已經渾渾噩噩地走到了校門口。

我沒想到，任璟翔就是我一直在尋找的，《予以暗夜的晨星》的作者。

他是這個故事的作者，他什麼都知道，當然也知道羅允欣和鄭宇淮是我的同班同學。

他從羅允欣手裡拿到書之後，刻意引導我注意到借還書紀錄上鄭宇淮的名字，把我帶到三樓，再假裝找到那本《愛因斯坦的夢》。

一切的一切都是他計畫好的，他用同伴的身分潛伏在我身邊，帶著我找到他藏好的眞相，再鼓勵我找出故事的作者。

我怎麼也想不到，那個將我的生活搞得天翻地覆，讓我的男朋友遺忘我，使我被眾人孤立，用各種方式傷害我、威脅我的人，竟然就是任璟翔。

最難堪的是，我才剛發現自己喜歡上他，就得知他是造成我痛苦的始作俑者。

過去這段時間，我和任璟翔之間的一切，到底算什麼？

一直以來，他是用什麼心情看著我哭，陪著我笑？

「我相信妳腦中的那些回憶是眞的。」

「只要是妳說的事，無論是什麼事，那怕連妳自己都覺得不合常理，我也都會相信的。」

一回想起當初那些令我感動的話，我就覺得自己像是一個笑話。

他就是重啟故事的人，是操控一切的作者，我所得知的眞相都來自於他，他怎麼可能不相信我說的？

「妳說的那個故事裡，沒有寫到我嗎？」

「我開始懷疑，我是不是也曾經存在於原版的故事裡，卻因故被作者抹去了。」

我收到的原稿是他寫的，這個世界也是他創造的，他還問我故事裡是不是沒有寫到他？

「妳有沒有想過，或許我也經歷過和妳相似的事？」

「我害怕就算找到作者，那個女孩也不會想起我。」

關於那個女孩的事，難道也都是假的嗎？

我本來還暗自竊喜，以爲就像漫漫說的那樣，任璟翔口中的那個女孩就是我，我和他之間的故事也被作者刪去了。

沒想到這些都是謊話，什麼和我經歷過相似的事，只是想讓我放下戒心，好讓他隱藏作者的身分。

「我把關於任璟翔的故事，藏在社團辦公室裡了。」

最過分的是，他居然直接以自己爲餌。

社團辦公室裡才沒有他的故事，有的只是他看出了我對他的在乎，把我當傻子一樣耍著玩。

那個吻呢？難道也只是拿我取樂，想證明他隨時能牽動我的情緒？

我不曉得自己此刻感受到的，究竟是憤怒還是難過，還是其他我不想承認的情緒。我只想知道，任璟翔究竟有沒有對我說過一句眞話？

口袋裡傳來了手機的震動聲，我低頭查看，發現是漫漫的來電。

「結果怎麼樣？」我一按下接聽鍵，電話另一頭就傳來漫漫急切的聲音，「羅允欣願意好好和妳談一談嗎？」

「漫漫……」開口時，方才因爲震驚而憋住的眼淚，頓時奪眶而出，「都是假的……他一直都在騙我……」

「怎麼了？可芮？妳不要嚇我啦。」

我哭得不能自已，嚇得漫漫連忙說要向補習班請假，過來陪我，無論我怎麼勸阻，她都聽不進去。

當晚，我去漫漫家借住了一宿。

漫漫的媽媽非常親切，一點也不介意漫漫因此少上了一堂補習班的課。

「早就聽漫漫提起妳好多次了，阿姨一直都很期待她帶好朋友來家裡玩，謝謝妳實現我的願望。」她說這句話時的神情，跟漫漫第一次和我去操場邊吃午餐時一樣，眞不愧是母女。

跟阿姨在客廳寒暄了好一會，我和漫漫才走上樓，來到漫漫的房間。

「抱歉，我媽媽有點太興奮了。現在只有我們兩個人，妳不用再強顏歡笑了，跟我說發生了什麼事吧。」漫漫溫柔地對我說，差點又逼出我的眼淚。

「放小說原稿的人，是任璟翔。」只需要這一句話，漫漫就能理解我的錯愕和難受。

她倒抽了一口氣，「羅允欣看見的？還是……」

「是任璟翔從她手上拿走了書，可是任璟翔根本就沒提過這件事，而且羅允欣並不知道我認識任璟翔，她甚至只說了任璟翔的姓氏。是我猜到是他的，所以不存在誤會的可能。」

他對我做的事，就是貨眞價實的欺騙。

「我只要一想起過往我跟任璟翔說過的種種，就覺得自己被背叛了。我那麼信任他，可原來那個嘲諷、傷害我，把所有人玩弄於股掌間的人，竟然就是他。」我緊緊抱住懷裡的抱枕，強忍著淚水，繼續訴說我混亂的情緒，「我最難受的是……我是在動心之後，才發現在任璟翔眼裡，我只是一個小丑。什麼喜歡的女生忘記他都是假的，那只是爲了不讓我發現他就是作者的煙霧彈。我明明有想過作者可能就在我身邊，我早該懷疑深知我所有遭遇的任璟翔才對。」

「可芮，雖然就現有的線索看來，任璟翔確實騙了妳，但我覺得這不代表他對妳說的話都是假的。」漫漫打斷我的憤慨，微蹙著的眉滿是擔憂，「作爲旁觀者，我必須說，他注視著妳的眼神，怎麼看都不像是想傷害妳，把妳當成玩笑看待。這就是爲什麼我第一次見到他，就知道他不僅僅是一個普通學長這麼簡單的角色！」

漫漫見我不說話，又道：「我不是要幫他說話，但萬一他這麼做是有理由的呢？說不定他有什麼苦衷？或許他口中的女孩眞的存在？」

她的話，讓我想起任璟翔的臉上曾經流露的落寞。

「她已經喜歡上別人了，我不知道現在的她，究竟希不希望想起過去的事。」

或許我真的是個蠢蛋吧，明明知曉他把我騙得團團轉，但一想起他當時的表情，我竟仍會覺得心疼，甚至無可救藥地想相信漫漫的推測。

「當然，這些只是我的想法，只有任璟翔才有妳要的答案。」漫漫似是看出了我的猶豫，露出了然於心的微笑，「我們在這邊揣測也難以得知究竟什麼是真，什麼又是假。現在能肯定的是，妳的感情是真的，那無論如何，妳都得先聽聽看任璟翔這麼做的理由，才不會愧對這份喜歡的心情。」

沉澱了一晚，帶著從漫漫那裡獲得的勇氣，第二天一到學校，我就傳了訊息給任璟翔：「我想和你談一談。」

我原本想直接了當地告訴他，我全都知道了，可要傳出去的前一秒，我還是按下了刪除鍵。

我害怕和他攤牌，把話說破就意味著我從此失去一個對我很好的學長，但我更怕他不來見我，連道別的話都沒有機會說。

「妳知道在哪裡能找到我。」

在我胡思亂想之際，任璟翔回覆了我的訊息。

他沒有問我想談什麼，我猜他以爲我想談論的是那天的吻，而即使如此，他的態度還是這麼的從容。

我想，他能夠如此泰然自若地面對我，不過是因爲他是作者，他認爲自己能夠輕易地拿捏我。

我當然知道能在哪裡找到他，或許，這是最後一次像這樣私下見面了吧。

當我抵達涼亭時，任璟翔已經在那裡等著了。

我低著頭，避免和他對視，徑直走到他旁邊的另一張椅子坐下。

「那天的事，我欠妳一個道歉。」

我的眼角餘光瞥見，他的目光始終注視著我，那怕我不願看他。

「我不該……」

「你最該向我道歉的並不是那天的事。」我打斷他的話，糾正道。

任璟翔沉默以對，沒有反問我是什麼意思。在我看來他就是心中有鬼，只是在等我什麼時候揭穿他而已。

既然這樣，我又有什麼好覺得不捨的呢？不過是斷了一個未曾擁有的念想罷了。

深吸一口氣，我轉頭看向任璟翔，輕聲問道：「是你將小說原稿放在圖書館裡的，對不對？」

他一點也不慌，不否認也不解釋，令我更加生氣。

「不，或許我該問得直接一些。你就是《予以暗夜的晨星》的作者，對嗎？」

我嗤笑一聲，「我找到你了，現在你會如約把我熟知的世界還給我嗎？」

我是故意這麼問的，我想知道要到什麼地步，他才會表現出驚慌的模樣。

「我承認，原稿是我放的，《予以暗夜的晨星》也是我寫的。」良久，任璟翔總算開口，「但是，事情並不是妳想的那樣。」

他的臉上掛著微笑，看起來卻比哭還要難看。

明明傷害我的人是他，他憑什麼露出這樣的表情？

「不然是哪樣？」我氣到發抖，加大了音量質問他，「我想破了頭，都想不通你為何要這麼對我。你為什麼要裝作友好的樣子接近我、關心我，博取我的信任？更差勁的是，你讓我對你……」我緊緊咬著嘴唇，將差點脫口而出的心意吞了回去，「算了，也不重要了。」

此時此刻，我最不需要的就是更多的嘲弄，也絕不允許他又一次踐踏我早就碎成一地的真心。

「要我很好玩嗎？看我像個傻子一樣，一直向你傾訴煩惱，有趣嗎？」

「不是這樣的。」任璟翔再次出聲反駁。

我不懂，為什麼他看起來這麼難過？難道這也是演技嗎？

「那個因為作者改寫故事而忘記你的女生，也是謊言吧？你就是作者本人，這裡是你創造的世界，要怎麼發展不是任憑你操控嗎？」

「我是說了很多謊，但這件事並不全是假的。」

我的心因為他的這句話而懸在半空中，被用力地扯往兩個方向。

凝視著任璟翔的雙眸，我無可救藥地想相信他的話，可另一方面又想痛罵自己的愚蠢，被他耍著玩這麼久，卻還是沒學乖。

「我不相信你！」我流著淚，痛苦地對他吼道，「我不知道該怎麼相信你，也不會再相信你了！」

終於，任璟翔的臉上，出現了我最想看見的神情。

我不想給自己心軟的機會，抹了抹眼淚，轉身要走，可任璟翔卻拉住了我。

「放手。」我試著甩開他的手卻未果。

「我不會再放手了。」任璟翔拉著我，強迫我面向他，「我不是不想解釋，我只是不知道該怎麼向妳解釋這一切，更不知道我到底該不該解釋。」

我聽不懂他在說什麼，爲什麼不能解釋？

如果這其中有什麼誤會，他就明白地告訴我，不就好了嗎？

任璟翔深吸了一口氣後，仔細端詳我的臉，像是在確認什麼。過了半晌，他道：「我說的那個女生就是妳，我在意的、喜歡的人，一直以來就只有妳，芮芮。」

霎時，他的聲音和我腦中曾經閃過的畫面相呼應。

「芮芮。」

「只有我能這麼叫妳。」

這一次，我總算看清楚畫面中的那個人——臉上漾著溫柔笑意的任璟翔。

與此同時，無數個片段湧入我的腦中。

「璟翔學長！你也是一個人來看電影嗎？」

「妳是？」

「啊？我是企管系一年級的韓可芮，你不記得了嗎？」

「嗯？我應該要記得嗎？」

「前、前幾天在捷運上，你幫助了我，我……我以爲……」

「逗妳的，別那麼緊張。我記得，而且印象很深刻。」

「我突然發現，學長你的個性似乎跟大家想的不太一樣。」

「很失望嗎？」

「正好相反，想到只有我知道你眞實的一面，就不由得產生優越感呢。」

「或許等妳深入了解我，就會想逃開了。」

「如果我沒有呢？」

「那麼，等到那個時候，我就不會放妳走了。」

「你不是想挑戰愛情題材嗎？那就把我們兩人的故事寫成小說吧！」

「我們之間發生的事，不都是普通的日常嗎？會有人想看沒什麼轉折的小說？」

「才不普通好不好？而且你可以稍微加油添醋呀。啊，我最近很喜歡看不良少年愛上乖乖牌的設定，還是你把自己寫成不良少年好了？」

「……老梗，而且好土。」

「你沒聽過老梗就是好梗嗎？反正，不管你怎麼寫，我都要是故事的女主角！」

劇烈的頭痛，伴隨著所有記憶碎片衝擊而來。

四周的場景不斷地旋轉，我不堪負荷，跌倒在地。

在暈過去之前，我看見的是驚慌失色、著急得快瘋了的任璟翔。

我想起來了，我全都想起來了。

我是韓可芮沒有錯，這裡也的確是名爲《予以暗夜的晨星》的故事世界。

但，並不是眞正屬於我的世界。

第六章　每一頁都關於你

大一開學前的迎新活動上，我從其他學長姐口中聽說了大二的風雲人物——財管系的任璟翔學長。

他不僅以學測滿級分的優異成績申請上我們大學，還時常代表學校參賽並橫掃多個獎項。除此之外，他還彈了一手好鋼琴，常常在校內活動上登臺演出，可說是全能型的完美角色。

後來，我在商學院的聯合活動上見到他。任璟翔本人就像傳言說的那樣謙和有禮，在室友的鼓吹下，我上前請教了他幾個問題，他也都溫柔、耐心地解答，是個很可靠的學長。

但我總覺得他太過完美了，待人接物也總是恰到好處，顯得不太眞實。

直到我在火車上撞見，任璟翔對無理取鬧的路人大叔冷漠又面露不屑的模樣，我才意識到大家所看見的，不過是戴著面具的他。

自此以後，我便對「眞實的任璟翔」，產生了好奇。我想再多了解他一點，一點點就好。

捷運上考慮得不夠周全的見義勇爲，實際上是我的刻意爲之。

很久之後，我才向任璟翔坦承，我老早就看見他在車廂裡了。

我想讓他對我留下更加鮮明的印象，而不是把我當作一個崇拜他、把他當傳奇的學妹。

同時，我也想試探看看，他是不是對所有陌生人都冷漠以待。

只是我沒預料到，這次的試探不只讓我們認識，還在我心底種下了名爲怦然的種子。

「萬一那個女生沒有出來指認他，或是沒有其他人拍到影片，那怎麼辦？」

「我只是想賭一把，就跟妳一樣。」

我以爲像任璟翔這麼完美的人，不會做沒有把握的事，沒想到他竟在沒有證據的情況下，仍舊選擇站出來保護我。

「對了，還沒跟學長自我介紹。我叫做韓可芮，目前就讀企管系大一。」

「我知道。我是任璟翔，雖然妳也早就知道了。」

我也是很久之後才知道，從我在火車上窺見任璟翔不爲人知的面貌當天，他就記住我是誰了。

我以爲我是布置圈套的人，可沒想到，他打從一開始就埋伏在一旁，默默看著，然後假裝上鉤。

任璟翔就是這樣的人，什麼都看在眼裡，卻什麼也沒有說。

他很早就知道，頻頻出現在他身邊的我，是抱著什麼樣的心情在接近他。我爲了藏起好感而披上的僞裝，在他面前都是徒勞無功。

不過，我也沒有藏得很努力，任由好奇轉變爲欣賞，欣賞轉變爲喜歡。

或許是因爲，任璟翔知道我見過他鮮爲人知的一面，不知不覺，他也對我卸下心防，我才得以越來越了解他眞實的樣子。

越了解，就越喜歡這個只有我能看見的他。

任璟翔之所以看起來脾氣很好，是因爲他十分擅長打太極，那怕是在敷衍，也不會讓對方察覺。

他並不厭倦這種滿是僞裝的生活，相反的，他甚至有點享受他人因爲不了解而賦予的神祕想像，以及隨之而來的崇拜感。

至於我，則是享受著只有我了解眞實的他的優越感。

我喜歡被他視爲特別的感覺。

我明示暗示了好幾次之後，任璟翔終於問我「要跟我在一起嗎」。

我欣喜若狂，但很快又迎來了失落。

「是因爲我總是纏著你，你才覺得自己應該要說這句話嗎？」當時，我咬著唇，小心翼翼地問，「我是喜歡你沒有錯，但如果你對我的感覺並不是喜歡，那就不要這樣問。」

「我不會用喜歡這麼普通的詞語形容，我的感情比喜歡更深，也更沉重。記得我跟妳說過的嗎？或許等妳深入了解我之後，就會想逃開，所以，我是在給妳離開的機會。」任璟翔十分愼重地對我說，注視著我的眼神很認眞。

「我爲什麼要離開？」我仰著頭直視他。

「我是個很偏執的人，對於認定的人事物有著妳難以想像的占有慾，我怕妳有一天會覺得害……」

我沒有讓任璟翔說完最後一個字。

我抓住他的衣領，將他拉向我，用力地將吻印在他的唇上。

「剛好，我就是希望你只需要我、依賴我、喜歡我。如果喜歡太過普通，那你就偏執地愛我好了。」

我承諾過任璟翔，我永遠都不會忘記，那一天他牢牢抱緊我時的體溫，還有他輕聲在我耳邊低語的那句話。

「是妳說的，我不會再放妳走了。」

隨著交往的時間越來越長，我漸漸知曉任璟翔當初話裡的意思，原來他遠比我想的還要更在乎我。

等到確認關係後，他才敢放心地將濃烈的愛意表現出來。

習慣僞裝，就代表防備心很重，也意味著任璟翔難以信任他人，缺乏安全感。某種程度來說，他的占有慾確實強得有些偏執，但我並不覺得害怕，因爲我的安全感正是來自於這種強烈地被需要的感覺。

或許在某些人眼裡，我們之間這種需要與被需要的關係，看起來不怎麼健康，但對於我們而言，這樣的相處模式，恰巧填補了彼此內心的空缺。

況且，無論是我還是他，都不是需要第三人理解的類型。

有時候我甚至覺得，就算這個世界只剩我們兩人，也沒有關係。

那時的我不曾想過，自己會遭逢變故，並因此忘了他……

在我和任璟翔交往滿七週年的前一週，我因爲工作的關係需要出差，於是獨自搭乘長途火車去外縣市。

我搭上火車時，任璟翔正在開會，所以我只傳了幾則訊息跟他報備，就準備小睡片刻。

不曉得過了多久，因爲一陣緊急煞車而驚醒。

我還來不及反應，就因慣性而向前一撞。

我最後的記憶，停留在一片漆黑的畫面，以及劇烈的疼痛感。

再次睜開眼時，我已經身處另一個世界，只是當下的我並沒有意識到這件事。

我以爲自己是正在和鐘衍恆交往的高中生韓可芮，但實際上，我進入了任璟翔筆下的小說世界。

大學畢業後，極有投資天分的任璟翔一直從事自由業，除了擔任財經專欄作家之外，他也會用不同的筆名出版懸疑、幻想類的小說。

《予以暗夜的晨星》是他寫的第一部愛情小說，還是在我的死纏爛打下才寫的，只因爲我想當他書裡的女主角。

至於男主角，則是以他的部分性格爲原型，再加入我喜歡的元素，就連名字都是我取的。

從始至終，我以爲的「原本的世界」和「重啟後的世界」，都不是我的世界。任璟翔之前的種種反應，以及我本來難以理解的話，至此都有了合理的解釋。身爲作者的他，確實是這個故事世界的神。他說，要把我熟知的世界還給我，指的是現實世界，以及與他有關的記憶。

我不曉得任璟翔爲什麼會來到這個世界，又是因爲什麼原因，使他不願直接跟我說明眞相，但以他的性格，若不是萬不得已，他絕對不可能眼睜睜地看著我滿眼都是別人。

這段時間，任璟翔究竟是抱著什麼樣的心情待在我的身邊，又是怎麼承受這一切的？

思及此，我想起剛才暈倒前，我對他說的那些話。我的心臟像是被揪緊般，非常難受。我居然還說他一直在騙我，眞正說謊的人明明是我才對。

我把自己說過要永遠記得的事給忘了，甚至把他也忘了，我竟然對著一個深愛我的人說，我再也不會相信他了。

「她已經喜歡上別人了，我不知道現在的她，究竟希不希望想起過去的事。」

原來，我這段時間所經歷的痛苦，全都是任璟翔被我遺忘後的感受。

我是哭著醒來的。

睜開眼時，最鮮明的感受便是不斷奔湧而出的眼淚。

我看見璟翔擔心又急切地起身，明顯是想要像從前那樣抱緊我的模樣。

這段時間以來，他的所有小心翼翼和試探，一一在我眼前浮現。

「看來妳應該是希望，和鐘衍恆有關的回憶是眞的，對吧？畢竟那是妳早已認定的事，也是妳一直以來努力的方向。」

「但如果和我有關的片段，才是眞實的記憶，妳要怎麼辦呢？」

他可是任璟翔啊！那個一向自信，遇到什麼事都鎮定自若的任璟翔。

他究竟有多絕望，才會說出這些話？

一直以來，他是用什麼樣的心情，聽我訴說對另一個人的愛意？

我顧不得臉上滿是淚水，一把抱住璟翔，悶聲道：「小翔，對不起……」

如同「芮芮」這個暱稱是只有他能叫的，也只有我會喚他爲「小翔」。

我感覺到他渾身一顫，僵在原處，動也不敢動。

我哭得更厲害了，哽咽地說：「對不起，但我全都想起來了。」

下一秒，他回抱住我。

璟翔什麼也沒說，可緊緊擁著我的雙臂，和一滴落在我頸窩的淚，已經出賣了他的激動。這是他第一次在我面前哭。

我微微向後退，想看一看他的表情，可他卻伸出手覆在我的眼睛上。

輕啄在我唇上的觸感，因著視覺被剝奪而顯得格外強烈。

他一遍又一遍地吻著我，像在小心謹慎地確認我的存在。

我輕輕撥開他的手時，他已藏好了眼淚，我只能看見他泛紅的眼眶。我忍不住嗔怪道：「愛面子！」

璟翔彎了彎唇角，將我攬進懷中。

「歡迎回來。」他說。

儘管此刻仍身處這個不屬於我們的世界，但有他在的地方，就是我的世界。

璟翔告訴我，我搭火車時碰上了事故，陷入昏迷。

當他開完會，接到急診室的通知時，他都快瘋了。

「好不容易捱過了危險期，妳卻遲遲沒有醒來，無論醫生怎麼檢查，都找不出原因。」

雖然璟翔說話時的語氣很平靜，但我能想像得出來他當時有多煎熬。

「有一天，我回家整理的時候，突然想起妳吵著要我爲妳寫一個故事的事情。」

我不禁想，妳是不是以爲我沒把這件事放在心上，才會氣得不肯醒來，但其實我寫了，《予以暗夜的晨星》就是為妳而寫的故事，原本想等完成後，當成禮物送給妳。」

璟翔緩了緩，接著說：「妳出事之前，我只寫了故事開頭，可當我打開檔案之後，卻發現裡頭多了妳和那傢伙在一起後的情節。我本來以為妳發現我開始寫這個故事，和我鬧著玩，自己寫了幾個段落。」

我訝異地看著他，「我沒有這麼做！」

「我想也是，因為檔案被修改的時間，是妳陷入昏迷的時候。後來，有個可怕的猜測在我心裡萌生，我在想，妳之所以昏迷不醒，會不會跟這部小說有關？我能問的管道都嘗試過了，還是得不到答案，我甚至在網路上的神祕事件討論區發問，收到的卻都是問我這是不是穿書小說的情節。」

想到璟翔在討論區發問的模樣，我有點想笑卻又感到很心疼，他一向不是一個會求神問卜的人，卻因為擔心我而改變了原則。

「這期間，檔案內的故事情節還是一直在增加。對白中，韓可芮說話的口吻跟妳如出一轍，除了妳，我真的想不到誰還會用和妳如此相似的語氣說話。我找不到合理的解釋，不得不開始相信討論區的匿名回答，開始覺得，妳的意識或許真的被困在故事裡了。」

「你就這樣相信穿書的說法了嗎？這一點都不像你啊！」我驚訝地說。

雖然我平時看了不少穿書題材的小說，但如果要我相信一個昏迷中的人的意識，進入了一個故事世界，我恐怕難以接受。

「因爲那個人是妳。無論再怎麼不合理，只要有任何能喚醒妳的可能，我都願意相信。」璟翔朝我揚起一抹溫柔的微笑。

「一開始，我想得很簡單，如果妳眞的被困在故事裡，我只要把新增的章節刪掉，阻止劇情繼續發展，妳的意識或許就會回來了。當然，我也是有私心的。」

我靜靜地聽他說出自己的想法。

「雖然每個作者都幻想過，寫好的大綱會自己變成完整的故事，但我可沒想到，我的女朋友會在故事裡，和我創造出來的角色談戀愛。」璟翔面露不悅地調侃道，「我不能接受這部小說成了妳和另一個人的故事，這也是我決定刪除多出來的章節的另一個原因。沒想到，一按下刪除鍵，我就進入了這個故事世界。」

璟翔堅定地看著我，現在，他總算不需要再藏起那滿是愛意的目光。

「其實，這已經是我第三次來到這個世界了。」

「什麼意思？」我不明所以地看著他。

「第一次，我刪除了故事情節，在錯誤的時間點進入故事。我那次的身分是已經畢業的校友，只能眼睜睜地看著妳在別人身邊露出幸福的笑容，而那個人甚至是以我爲原型設定的角色！後來，我什麼也做不了，就這麼回到現實了。」

「所以第二次，我直接刪除電腦裡的原稿，可沒想到進入故事世界後，我竟然忘記自己來這裡的目的，直到在學校裡看到妳，才想起了一切。我當時太急著想告訴妳眞相，沒想到因此嚇到妳，後來，我又回到現實世界，並發現妳高燒不退。我猜，這與妳在故事世界裡受到了刺激有關。」

璟翔輕描淡寫地訴說著的模樣，令我更加心疼。

當他發現我被困在他創造的故事世界裡時，他該有多自責，多後悔自己寫出了這個故事？明明不是他的錯，他卻得獨自在這個陌生的世界裡孤軍奮戰。

「於是我想，說不定我可以修改大綱，把自己寫成故事中的一個角色，確保我能在對的時間，用對的身分出現在故事裡。而爲了不讓妳和鐘衍恆在一起，我把他喜歡的對象強行改成了楚漫晰。最終，新的大綱讓故事重啟，也讓我順利地在故事之中遇見妳。」

原來，這就是我一直追尋的眞相。

「只是，我沒想到妳的記憶竟然沒有被改變。對不起，害妳因此被同學排擠。」璟翔神情低落地說，「但無論如何，一切都重啟了，這一次，我牢記前一次的經驗，不直接告訴妳眞相，而是用循序漸進的方式讓妳慢慢找出眞相。我想，如果我多和妳接觸，或許妳會慢慢想起我，想起我們之間的事。同時，我也刻意讓妳知道這裡只是一個故事世界，等妳接受自己只是一個角色後，再告訴妳這並不是妳本來生活的世界。我認爲，這樣會比直接要妳接受妳眞實的身分來得容易一些。如此一來，才能盡可能在不影響妳身體的情況下使妳清醒。」

「對不起，我不該忘記你，讓你獨自面對。」一想起璟翔這段時間所經歷的種種，我又紅了眼眶，「雖然遲了一些，但我還是想起來了，我不會再忘記的，而且我會想辦法找到回去現實世界的方法。」

「妳眞的願意離開這裡，跟我回去嗎？」璟翔說這句話時，臉上流露出悲傷的神情。

「什麼意思？」

「妳放得下鐘衍恆、楚漫晰，以及妳在這個世界的生活嗎？」他無奈地笑了笑，「我最近頻頻失眠，也格外焦慮，是因爲我看得出來，妳對這個世界已經有了感情。」

我輕輕撫上璟翔的雙頰，試圖透過手心的溫度，將我的心意傳遞給他，「在我恢復記憶之前，我就已經被你吸引，又一次喜歡上你了，這還不足以說明我的心意嗎？」

我望著他，說道：「我無從確認我對鐘衍恆的感情是源自於故事設定，還是因爲他是你的投射，但當我確定自己喜歡上你時，你就是我唯一的選擇。至於漫漫和這裡的一切，我承認我的確會捨不得，但我更捨不得你。」

我在這個世界裡，獲得了珍貴的友情，有過悲傷的時刻，也有開心的時候。璟翔說得沒錯，我對這個世界已經有了感情，況且，這裡是璟翔爲我創造的世界，對我來說有著很重要的意義。

可無論如何，這裡都不會成爲我的歸處，我有該回去的地方。

璟翔安靜地看著我，我們之間的距離很近，近得我能從他眼中，看見自己眞摯的目光。

良久，他將手覆在我的手背上，輕輕摩娑，「我之前修改大綱時，刻意加了一個設定，讓我們能夠回到現實。離開的時間、地點和方式理應都在故事裡了，可我進入故事之後，就怎麼也想不起來了。」

「沒關係，這次我們一起尋找，一起回去。」我揚起嘴角，向他承諾。

這一次，我絕對不會再放璟翔一個人孤軍奮戰了。

我和璟翔一走出健康中心，就看見不知道在門外站了多久的鐘衍恆。

我感覺到璟翔牽著我的手握得更緊了，他的不安清晰地沿著手心傳遞過來。

鐘衍恆一言不發，只是緊閉雙唇看著我們。

「你怎麼會在這裡？」我打破了沉默。

「聽小弘說，妳被別人送到健康中心，我就過來看一看。」

「我們剛剛說的話，你都聽見了嗎？」

「嗯。」他的視線落在我和璟翔交疊的手上，「所以，妳已經做出決定了嗎？」鐘衍恆扯了扯嘴角，卻怎麼也擠不出一個稱得上微笑的表情。

「是。」我沒有猶豫，很快地答道。

我選擇璟翔，是因為那怕我徹底遺忘了與他有關的一切，卻還是在故事裡再次喜歡上他了。

我相信，無論重來幾次，我都會為他動心。

「妳真的相信他說的話？」

鐘衍恆忽然向前，璟翔見狀立刻站到我身前，不讓他有機會靠近我。

鐘衍恆瞥了璟翔一眼，很快又側過頭對我說：「萬一妳從此醒不過來，意識又無法回到這裡呢？那還不如留在故事裡，這樣還比較安全。在任環翔來到這裡之前，一切不都好好的嗎？一直以來他全憑私心做事，他做了多少傷害妳的事，妳忘了嗎？」

他越說越激動，話中除了擔憂，好像還藏著一絲不甘心。我想起他先前對我說過的話——「不管他把故事重寫幾次，我相信，最後我依然會對妳動心。」

他對我，就如同我對環翔一樣。

「你說得沒錯，我不是一個好人，才會不惜傷害可芮，也要讓她想起關於我的事。我確實很自私，但我絕對不會眼睜睜地看著她走向你，那怕知道她會因此而痛苦。即使再重來一次，我也還是會這麼做。」

環翔這番話雖然是在回應鐘衍恆，但我知道他其實是在對我說。他將自己最真實又最醜陋的一面展現在我面前，給我選擇離開的機會。

就像我們交往之前，他也總說要給我逃開的機會。

他真正想要的，是在看過他最不堪的樣子後，仍然選擇他的我。

「我一直都知道真實的任環翔是什麼樣子。」我說。

我喜歡他表面的完美，也喜歡他不爲人知的脆弱，更喜歡他只在我面前展現的溫柔。

我喜歡被需要，而他那裡恰好有我渴望的需要，和讓我難以抗拒的炙熱愛意。

自始至終，我的選擇就只有環翔，即使會因此受傷，我也甘之如飴。

「我有比誰都要了解他的自信，所以我理解他這麼做的原因，也知道這段時間裡，他過得比我還要痛苦。」

爲了喚醒我，只能傷害我，抱著這種想法的璟翔，絕對比我要痛苦數百倍。

我越過璟翔，往前走了一步，對鐘衍恆說：「我知道要回到現實世界沒那麼容易，但無論如何我都想試一試。這個世界有你，有漫漫，可它終究不是我該待的世界。」

鐘衍恆緊握著雙拳注視著我，「如果我早一點恢復記憶，一切是不是就會不一樣？」不等我回答，他就苦笑了一下，「算了，當我沒說。」

語畢，鐘衍恆逕自轉身離去。

我知道，我傷透了他的心。

他曾告訴我，他對我的感情不僅僅是故事設定，我無法否認我確實被這句話感動了。但是，就算他早一點恢復記憶，也不會改變現在的結果，我終究會喜歡上璟翔，我從更早之前，就這麼決定了。

「後悔嗎？」送我回家時，璟翔忽然問。

「爲什麼這麼問？」

「妳看起來心事重重，我忍不住想，妳是不是後悔了。」他輕輕一笑，卻沒能將不安藏起來。

「你別亂想。」我拉了拉璟翔的手，「我只是有點愧疚，但並不後悔。」

他把我擁入懷中，將下巴靠在我的頭上，「抱歉，我可能還有點難以相信，妳就這麼回到我身邊了。」

「我也是，所以我覺得很害怕。」在溫暖又熟悉的懷抱中，我向他傾吐心聲，「萬一我隔天醒來就忘了這一切，怎麼辦？」

我穿越進故事時，失去了所有現實中的記憶，璟翔也曾在第二次穿越進來時，短暫忘記了現實世界的事，現在也想不起來當初他寫下的，離開這個世界的方法。

我感覺冥冥之中，這個故事正在用它的方式留住我們。

我怕我們回不去現實世界，更怕我又忘記璟翔，忘記我們相愛的過往。

「如果妳再次忘了我，我就再假裝巧遇妳一次，成爲妳的依靠，待在妳的身邊，直到妳想起我爲止。」璟翔溫柔地撫著我的頭，輕聲安慰。

我突然不再害怕，又一次失去記憶了。

因爲璟翔會在我的身邊，所以我不需要害怕。

我想起他當初裝作不認識我，刻意在涼亭和我巧遇的事，忍不住笑了出來。

「怎麼一會難過，一會又笑了？」璟翔被我的反應逗笑了。

我沒有回答，轉移話題：「吼，要不是我們現在都是高中生，不然我好想一直跟你黏在一起。」

兩個已經二十七、八歲的人，居然還得顧及門禁，想想就覺得好笑。

「能以這種方式和高中的芮芮談戀愛，我倒是滿開心的。」璟翔笑著說。

我揚起笑容說：「原來高中時的你是這個樣子。」

「什麼樣子？」

「就跟我們剛認識時一樣，假正經……喂，我們現在可都穿著高中生制服，你不准亂來喔！」

週六，我和璟翔約好要來一場久違的約會。

出社會後，因爲工作繁忙，再加上我們一直住在一起，很少認認眞眞地外出約會。

我們碰面後先去吃早午餐，接著一起去看電影，最後再牽著手到咖啡廳，還眞有種回到大學時期的感覺。

「這家咖啡廳好像我們上大學時，經常約會的那間。」我感慨道。

璟翔笑了笑，「妳忘了這是我寫的故事了？故事中的場景當然都是取材自現實。」

我睨了他一眼，假裝不滿地說：「我哪知道你們當作家的這麼沒創意。」

「這不叫沒創意，而是創作來自於生活。」

「那你眞應該感謝我帶著你體驗生活，這間咖啡廳可是我帶你去的！」

「是啊。」

我還沒來得及抱怨他的語氣像是在哄小孩，就被突然響起的手機鈴聲，轉移了注意力。

「喂？漫漫，怎麼了？」

「可芮，妳現在在哪裡？我有急事找妳！」

我很少見漫漫這麼著急，趕緊將咖啡廳的地址告訴她，掛斷電話後才想起，我還沒好好跟她說過現實世界的事，以及我和璟翊眞正的關係。

「等她來了，再好好跟她說明吧。」看出了我的緊張，璟翊握了握我的手，安撫道。

漫漫都能接受這個世界只是一本小說了，也已經知道璟翊就是作者，我想她應該也能接受我並不是故事中的人物吧？

原來，漫漫早已在我心裡占了一席之地，即使我知道這裡並不是我的世界，也清楚總有一天我會離開這裡，但我還是很在意她的想法。

不久後，漫漫來了，但她不是一個人，鄭宇淮也跟她一起過來了。

相較於我有些訝異她竟然跟鄭宇淮一起過來的反應，漫漫看起來倒是不怎麼意外我和璟翊一起出現在這裡。

直到他們點完餐，漫漫都沒有問，反倒是我忍不住開口：「妳不問我爲什麼會和他在一起嗎？」

「這就是我來找妳的原因。」漫漫臉上的表情略微嚴肅，「剛剛，突然有一個片段竄進我的腦中。在那個片段裡，妳和任璟翊學長一起出現在某個地點，我說不上來那種感覺，但就是覺得我必須要告訴妳那個地點。」

我和璟翊對視一眼，瞬間明白那個片段代表的意思。

那就是環翔寫進故事裡的，能夠離開這個世界的地點。

我想，現在是讓漫漫知道眞相的時候了。

「漫漫，有件事我必須要先告訴妳。」我有點不安。

漫漫莞爾一笑，溫柔地看著我，「嗯，妳說吧。」

深吸一口氣後，我鼓起勇氣對她說：「環翔確實就是故事作者，他之所以騙我，是爲了讓我想起……我並不是故事裡的角色。」

我緩了緩，接著道：「我在現實世界裡遇到事故後，一直昏迷不醒，後來，我便來到了這裡，來到環翔寫的故事之中。」

我簡單向漫漫和鄭宇淮解釋了來龍去脈，邊說邊膽怯地觀察他們的反應。

「事故？發生什麼事了？要怎麼做妳才會醒過來？」

沒想到聽完我的話，漫漫只在意我的安危。

「我猜，她得離開這裡，才能在另一個世界裡醒過來吧？」鄭宇淮一語道破我不曉得該怎麼說出口的離別。

漫漫怔了一瞬，抿了抿唇，輕嘆一口氣後說：「看來，分別的時候快到了啊……」

我怔怔地看著她，以爲她會像鐘衍恆那樣阻攔我，或是勸我不要輕易冒險。

「妳是我交到的第一個好朋友，不管妳從何而來，屬於哪裡，在我心中妳永遠都是我最好的朋友。」漫漫握著我的手，不捨地道，「雖然我很捨不得妳，也很希望妳能一直陪在我身邊，但我知道這不會是妳想要的。我希望我的好朋友能快樂，所以我會盡全力幫助妳回到屬於妳的世界。」

我突然好想哭，一把抱住她，哽咽道：「漫漫，我很抱歉……但是，謝謝妳。」

我很抱歉我不能留在這裡，也很抱歉不能當一個稱職的好朋友，她爲我做的好多事，我都無以回報。

「道什麼歉？妳又沒有做錯事。」漫漫輕輕拍著我的背，柔聲地說。

待我的情緒稍稍平復後，我們四人一起討論了眼下的情況。

「我看到的那個地點，是我們學校舊大樓的頂樓天臺。畫面裡除了有你們之外，也有我跟鄭宇淮，我們在一樓入口處跟你們道別。」漫漫一邊回想，一邊敘述她所看見的畫面。

「學長，你剛才提到，你曾將離開這個世界的時間、地點和方法都寫進大綱裡。如今那個地點的畫面忽然出現在楚漫晰腦中，也就是表示，或許也有其他人，看到了離開這個世界的線索。」鄭宇淮一如既往的聰明，一下就做出了合理的分析，「我猜，能看到的，都是和韓可芮有密切交集的人。」

「我？」我指著自己，很是困惑。

「這個故事是他爲妳而寫的，也是爲了救妳才改寫大綱。想當然，離開這裡的方法只會與妳有關。」鄭宇淮回道，一副覺得我有點傻的樣子。

「他這個瞧不起人的樣子，又是參考了誰的性格才寫出來的？」我忍不住向璟翔抱怨。話一出，我便有點後悔，「抱歉，我不該說這種話。」

「我沒覺得被冒犯，所以妳不用愧疚。」鄭宇淮推了推鼻梁上的眼鏡，滿不在乎地說，「對我來說，沒有什麼現實、故事世界之分，我沒想那麼多。我不是說過了嗎？人生在世都是在書寫故事，只是你們寫故事的地點跟我和楚漫晰不一樣罷了。」

漫漫曾經對我說，不要去管所謂的故事劇情是怎麼設定的，只要看著自己想努力的方向，最後抵達那個地方即可。

她的想法和鄭宇淮不謀而合，他們不會糾結於無謂的事，所以也不曾因爲這裡是故事中的世界而懷疑自己的價值。

這樣的他們，無論身在何方，作爲什麼樣的角色，都必定會閃閃發亮。

「果然，你跟漫漫很像啊。」我感嘆道。

漫漫瞥了鄭宇淮一眼，「那應該是他受到了我良好的影響。」

「這麼乾脆就承認自己和我相像了？」鄭宇淮瞇了瞇眼，笑著說。

「你閉嘴。」漫漫立刻說道。

我悄悄面向璟翔，擠眉弄眼地暗示他看正在鬥嘴的漫漫跟鄭宇淮，他立刻懂我在問什麼，淺笑著搖搖頭。

看來，的確有一些沒被寫進大綱中的情節，正在默默上演。

「韓可芮，阿恆最近有找妳嗎？」鄭宇淮突然問。

我怔住了，一時不知該如何回答。

「算是有吧。」我模稜兩可地道。

鄭宇淮的視線在我和璟翔間來回轉了幾次，接著一副了然於心的模樣，「不管怎樣，我建議妳還是問問阿恆吧，我覺得最有可能和楚漫晰同時想起離開這裡的方法的人，非阿恆莫屬。」

我想，鄭宇淮是對的。鐘衍恆在故事世界中，和我有著密切的互動，他的確很有可能知道離開這個世界的線索。

雖然我不知道他願不願意和我聊聊，但爲了回到現實世界，我還是得探一探他是否也有閃現一些片段。

我想找鐘衍恆，可他卻一直躲著我，一躲就是近一週。

剛開始是很明顯的迴避，到後來甚至連學校也不來了。

「鐘衍恆今天也請假嗎？」我在走廊上攔住沈伊弘。

「啊……對。」沈伊弘看起來有些窘迫，很不自然地答道。

「他還好嗎？他已經三天沒來學校了，是生病了嗎？」

沈伊弘嘆了一口氣，「我就直說了啊，阿恆就是想避開妳，你們之間發生什麼事了？他看起來……不是很好，我是說情緒上啦，他的身體沒事。」

我猜，鐘衍恆一定也看見了我離開這裡的畫面，所以才會躲著我，想藉著這種方式讓我留下。

想到他那天離去時的表情，我就無法狠下心，在明知他不想讓我離開的情況下，還強迫他和我對話。

我心事重重地往教室的方向走，忽然瞥見躲在柱子後方的羅允欣。

我覺得很奇怪，又覺得有點好笑，便主動走向她。

「別躲了，其實滿明顯的。」我莞爾道。

「誰躲了？」羅允欣馬上反駁，「我本來打算找妳，但看見妳在和沈伊弘講話，才想給你們兩個一點空間的。」

「所以找我有什麼事嗎？」我抓住她話裡的重點。

羅允欣抿了抿嘴，猶豫了好一會，才緩緩開口：「妳應該沒有想不開吧？」

「啊？想不開什麼？」我一頭霧水。

「我昨天作了一個夢，夢中的妳正在向我道別，然後我把一……」她皺著眉，邊說邊打量我，「不說了，反正就是一個沒頭沒尾的夢，醒來後總覺得妳好像要走了，去一個很遠很遠的地方。」

離開故事世界的線索，居然也出現在羅允欣腦中！

「等等！妳可以再說得詳細一點嗎？妳剛剛說妳把什麼？」我一激動，不小心像從前那樣，拉住了她的手。

見到她愣住的樣子，我趕緊放開，「抱歉，我太激動了。」

「妳是不是眞的……要離開了？」羅允欣低喃著，但沒等我回答，又換了一個語氣，「妳問我就得告訴妳嗎？我爲什麼要讓妳稱心如意？」

我發現了，她就是嘴硬，明明剛才問我是不是要離開時的表情有些失落，現在又裝作要跟我作對。

「有機會讓妳討厭的韓可芮消失，妳不是要很開心嗎？稱心如意的人不只是我吧。」我故意這麼說。

沒想到，她卻沉默了，這下換我有些愣怔。

之前說討厭我的人，不是她嗎？現在還有什麼好否認的？

「我之前說的是氣話。我想，我並沒有我以爲的這麼討厭妳。」羅允欣嘀咕道，「我只是有點討厭妳讓我顯得很懦弱。」

羅允欣輕聲道：「我一直都很在意旁人的目光，總是盡量避免引起注意，只想普普通通地融入團體。那天在火車上發生的事，我知道妳是好心想幫我，可是周遭那麼多人發現我被性騷擾，那些關切的眼神、議論的模樣，都讓我非常害怕，所以我逃走了。」

她看著遠方，沉浸在當時的回憶，緩緩道出她未曾透露過的眞實心情。

「開學發現我們同班時，我更覺得無地自容了。我拚命想忘記的事，這下不可能忘了，每次妳提起那天的事，我都在想妳是不是在責怪我很膽小，不僅沒有妳那份挺身而出的勇氣，連爲了自己作證都不敢。跟妳相處的時候，羞愧感總會讓我覺得痛苦，但我也不敢跟妳說，怕跟妳鬧翻，我就得一個人行動了。妳被大家排擠時，我也只是擔心妳會連累我，害我被其他人側目，甚至連帶著被討厭，越想越害怕，所以就疏遠妳了。」

是因爲意識到她作的夢或許會成眞，我眞的要離開這裡了，所以她才那麼坦承嗎？

「跟妳決裂之後，我的確有鬆一口氣的感覺，但愧疚感也不少就是了……我不知道該怎麼和妳當朋友，但我也沒有自己說的那麼討厭妳，我只是不想再自慚形穢了。」

「聽到妳這麼說，我很開心。」我朝她笑了笑，「坦白說，我覺得妳大可以像現在這樣坦承一些，不要隱藏自己的想法，勉強自己做妳根本不想做的事，有話直說的妳其實滿好的。」

身爲眞實年齡已經二十七歲的人，我本來想勸她不要太在意旁人的眼光，也不要過度糾結能否融入團體，因爲大多數的人根本沒有時間注意別人，學會獨處是一件更重要的事。

但我想了想，對於十六、七歲這個年紀的學生而言，這些確實都很重要，不需要否定不同階段的自己最在意的事。

很多事，等長大後，就會慢慢想開了，而在她長大之前，我能做的只有鼓勵她面對眞實的自己。

羅允欣突然轉過身背對我，當她數秒之後再次面向我時，我看見了她微微泛紅的眼眶。

「我並沒有希望妳消失，但我會把選擇權交給妳。」她撐起堅強的模樣，卻難掩略帶了一點鼻音的聲音。

她遞給我裝著一把鑰匙的透明夾鏈袋，「這是我在夢裡交給妳的東西，不知道爲什麼，今天早上它就突然出現在我的抽屜裡。」

「允欣，謝謝妳。」我接過之後，誠懇地對她說。

羅允欣靜靜地看著我，好像還想說什麼，但最後只是朝我點了點頭，便轉身離去。

等她走遠，我低頭查看鑰匙時，才發現夾鏈袋裡還放著一張很小的便條紙。

抱歉，我並不是一個稱職的朋友，但是謝謝妳和我當朋友。

離開故事需要的地點和鑰匙都有了，現在就只差一個時間點，我和璟翔就能回到現實世界了。

我很焦慮，擔心會錯過離開的時間，可又無法狠下心逼迫鐘衍恆面對我，最後，我只好求助鄭宇淮，希望他能幫我勸一勸鐘衍恆。

不確定是不是鄭宇淮的勸說起了效果，消失了近一週的鐘衍恆終於來上學了。

鐘衍恆一走進教室，便朝我投來視線，令我有些緊張，但他很快就別開了眼，沒有給我反應的機會。

放在抽屜裡的手機忽然震了兩下，我低頭一看，發現是鄭宇淮傳來的LINE訊息。

「妳午休到資源回收場附近等著吧。我跟阿恆今天是值日生，我幫你們牽線。」

我的道謝才剛發送出去，他又傳來了幾句話。

「作為阿恆的朋友，我還是要提醒幾句。」

「不論如何，他都是無辜的。他在對故事一無所知、被改掉所有記憶的情況下，還能再次喜歡上妳，相信妳能明白這是一件多麼難能可貴的事。」

「看在這些，也看在我幫了忙的分上，希望妳不要對他太殘忍。」

我印象中的鄭宇淮，一直都是用旁觀者的角度在看事情，不曾對我、璟翔和鐘衍恆之間的關係多做評判。

因此，我格外能感受到他說這些話時的深意，以及其中飽含的重量。

他是想提醒我，不要因為要離開了，就隨意對待鐘衍恆。

我有一點羞愧。儘管我對鐘衍恆心懷愧疚，但自從得知眞相後，我的心就一直是偏袒璟翔的狀態。

我認為璟翔承受了更多痛苦，所以我想要守護他，不讓他再因為我和鐘衍恆的事而傷神。

但這樣對鐘衍恆並不公平。

我一直都沒有好好面對他，只是強迫自己不去想他對我的感情，用故事設定去解釋一切，這樣我才能順理成章地假裝看不見他的痛苦，減輕自己的愧疚。

或許，璟翔之所以會遺忘離開這個世界的方法，不是因為這個世界想留住我，而是它想給我一個，好好道別的機會。

這一次，我會守護好鐘衍恆的自尊心，珍惜他的情感，將一切好好地收尾。

午休時，鄭宇淮如約將鐘衍恆帶到我面前。

鐘衍恆見到我時，似乎不怎麼訝異。

「看你的反應，我就知道你要多管閒事了。」他輕笑一聲，對鄭宇淮說。

「你們好好談一談吧。」鄭宇淮拍了拍鐘衍恆的肩膀，「對你也好。」

直到鄭宇淮的腳步聲逐漸遠去，四周歸於平靜，只剩下樹葉被風吹動的沙沙聲，以及喧囂著的尷尬。

「你……」開口時，我才發現自己的喉嚨竟如此乾澀，「你還好嗎？上週請假是感冒了，還是……」

「妳應該很清楚我請假就是爲了躲妳吧？」鐘衍恆聳肩，單刀直入地說。

我點了點頭，「嗯。」

免去了所有客套話，我和他之間似乎只剩下相對無語。

「這段時間，我總是會想起之前被我忘掉的那些記憶。」過了好久好久，鐘衍恆終於緩緩開口。

「就是妳在火車上見義勇爲，我站出來幫妳制伏變態，我們因此認識，再到妳答應當我女朋友的那些事。」他的視線不在我身上，像是陷入了回憶，「剛想起來的時候，我是眞的很開心，感覺像是命中注定。」

「但那天聽到妳和任璟翔在健康中心的談話，我才知道我們之間發生過的事，其實都是改寫自妳和他的回憶。原來這就是爲什麼，我總覺得我想起來的記憶很像一個夢，雖然畫面很清晰，但我就像是旁觀者，只能看著那些事在我面前發生。雖然我曾經跟妳說，我對妳的感情不只是故事設定，但我還是忍不住想，如果我的存在只是任璟翔的投射，那我的喜歡到底是不是我眞實的感受？或許，那些只不過是任璟翔對妳的感情，我只是這個故事中負責演出的人。」鐘衍恆看起來很失落，悵惘地說著。

我明白他的心情，當初我以爲自己是故事中的人物時，也是這麼迷惘。

「剛得知這個世界只是一本小說時，我也曾經這樣想，但現在我可以肯定，不是這樣的。」我道出了眞實的想法，「故事重啟前的你，或許是按照任璟翔的設定思考和行動，但他改寫大綱之後，你就不再是他的投射了。依照新的人設，你應該要喜歡上漫漫才對，可後來你還是遵從了自己內心的感覺，這不就是眞眞切切由你自己做出的決定嗎？就像我理應要一直喜歡你的，但遇見璟翔，和他相處過後，我的心境上也有了改變，也是經過了一番掙扎才承認我喜歡上……」發現自己哪壺不開提哪壺，嚇得我趕緊捂住嘴。

「對、對不起……我不是……」我支支吾吾地想解釋，但怎麼解釋好像都不太對，索性自暴自棄，「唉，你可以當作你剛剛什麼都沒聽到嗎？」

鐘衍恆愣住了，幾秒之後，終於忍不住笑出來。

「哈哈哈哈哈……」

他笑了好久，久到我羞憤交加，整個臉都漲紅了。

好不容易，鐘衍恆收起張揚的笑容，換上釋然的表情，「我果然沒有喜歡錯人。妳說的話，跟宇淮和楚漫晰對我說的話一樣，只是他們的話聽起來像安慰，而妳這麼說，我就覺得是眞的。」

他勾起唇角，莞爾一笑，「我想過很多次，另一個世界裡的妳會是什麼樣子，要是有機會能在妳的世界和妳相遇就好了……雖然我知道自己不可能離開這裡，但我能肯定，無論是哪個世界的妳，都會這麼眞誠善良。」

鐘衍恆深吸一口氣，接著說：「我腦中一直有個聲音，叫我不管怎樣都要把妳留下來，只要我不說出夢境的內容，妳就無法離開這裡。就算妳的目光不在我身上，至少妳會一直在我的世界裡。我承認，我一度想就這麼躲到妳錯過離開的時機點，但我做不到，因爲我再也不想被任何人或是什麼不知名的力量控制了。」

他語氣堅定地道：「我希望妳能幸福、能快樂，所以我會成全妳，把妳想知道的事全都告訴妳。那怕妳的幸福會因此再也與我無關也沒關係，因爲我對妳的心意是千眞萬確的，我想證明給妳、任璟翔，還有一直想引導我的那個聲音看，很喜歡一個人的時候，是願意成全她的，不管她想要的幸福，是否與自己有關。」

鐘衍恆此刻的神情，是前所未有的認眞，比他之前向我告白時還要懇切。

「韓可芮，我喜歡妳，就算是離開之後，妳也要記得這個世界有一個人會一直這麼喜歡妳。」他藏起有些悲傷的表情，對我展露出溫暖的笑容，「妳要是再這樣哭下去，我就要抱妳嘍。」

從他說想和我在現實世界裡相遇時，我的眼淚就再也止不住了。因爲我知道，這是不可能的，我們終究是兩個世界的人。

我想，在我心裡，永遠都會爲鐘衍恆保有一個角落，連同故事裡眞心喜歡過他的韓可芮，以及我們的這一場對話，一起掩埋在那裡。

這是難以向璟翔道明，只屬於我的祕密。

「對不起……」儘管頻頻用袖口擦去眼淚，我還是哭個不停。

鐘衍恆微微抬起了手，似乎想要安慰我，可猶豫了半晌還是垂下了手。

最後，他就這麼佇立在原地，安靜地陪著我哭，什麼也沒做，因爲他什麼都做不了。

一如我們之間相隔著的現實，他無論如何也跨越不了。

鐘衍恆告訴我，故事世界的出口會在這週六的晚上八點開啟。

結合先前得到的線索，只要在週六晚上八點，用羅允欣給我的鑰匙，前往舊大樓的頂樓天臺，我和璟翔就能回到現實世界。

或許冥冥之中，我依稀知道這個設定，才會在被孤立時，躲到舊大樓附近，並在那裡遇見了璟翔。

「什麼？週六不就是後天了嗎？那我們不就只剩不到三天的相處時間了嗎？」漫漫震驚地喊道，「都怪鐘衍恆，他爲什麼不早點說？這樣我們才能早點做好心理準備呀。」

我緊咬著唇，怕一個不小心就會因爲捨不得她，說出不該說的話。

「妳也別怪阿恆了，他應該比妳更不能接受韓可芮離開，才會掙扎這麼久。能在出口開啟之前做出這樣的決定，已經很不容易了。」鄭宇淮忍不住替鐘衍恆說話，「與其花時間傷感，不如趁這幾天盡可能留下一些回憶吧。」

「哼，還用你說！」漫漫一把抱住我，不忘狠狠瞪了鄭宇淮一眼，像是在轉移對鐘衍恆的埋怨，「等可芮回去，我再好好教訓他。」

她說「回去」，彷彿我只是暫時離開這裡，但我們都很清楚，這一次道別就是永別了，只是沒有人忍心道破。

接下來幾天，我和漫漫幾乎形影不離。

放學後，我們一起窩在咖啡廳東南西北地亂聊，一直聊到店家打烊才肯回家。

週五晚上我在漫漫家留宿，以便隔天一早就一起去遊樂園玩。

漫漫還叫上了鄭宇淮過來擔任攝影師，拍了好多照片和影片留念，甚至在傍晚時又拉著我去拍貼機店合影。

我懂的，她不只是想留下無形的回憶，還想保有一些有形的東西。

「妳覺得這些照片留得下來嗎？」趁著漫漫去廁所，鄭宇淮私下問我。

「我不知道。」我勾了勾嘴角，朝他微笑，「我甚至不知道，過了今晚，你們的記憶裡還會不會有我。」

「那妳希望是會還是不會？」他看了我一眼，又問道。

說真的，我也不知道。

我希望他們不要忘記我，希望他們記得我曾經來過這個世界，卻又怕這樣的記憶對留下來的人來說，太過殘酷了。

我選擇不回答，只是對鄭宇淮說：「我離開之後，你要幫我好好照顧漫漫喔。」

他很難得地愣了一下，但很快又恢復了鎮定，「她跟妳說的？」

我笑了笑，「我看出來的，就隨便試探一下。」

「韓可芮，妳好像比我想的還要聰明。」鄭宇淮也笑了。

我白了他一眼，回擊道：「但你好像沒有我想的那麼聰明。」

「怎麼了？」漫漫一走出廁所就目睹這一幕，立刻護著我，「可芮，他是不是欺負妳了？」

「沒有，是我剛剛叫他不要欺負妳。」我向鄭宇淮使了個眼色，暗示他不要跟漫漫說照片的事。

在我離開之前，暫且讓她懷著正面的想法，留下快樂的回憶吧。

我們三個一起吃完晚餐，來到學校的後校門時，我便看見在那邊等我的璟翔。

我們四目相對的那一刻，他明顯鬆了一口氣。

難道他一直在擔心我不會出現嗎？

「你等很久了嗎？怎麼不去旁邊的便利商店等，還在這邊吹風？」我小跑著奔向他，一握到他的手就被掌心傳來的低溫嚇了一跳。

璟翔輕輕地搖頭，回握住我的手，莞爾道：「我沒事。」

他今天一定很焦慮，卻還是尊重我想把最後一天的時間留給漫漫的決定。

我有點心疼，下意識收緊了牽著他的力道。

璟翔似乎是察覺了，伸出另一隻手摸了摸我的頭，像是在叫我別擔心。

在璟翔和鄭宇淮的幫助下，我們四個成功翻過圍牆，偷偷進入學校。

前往舊大樓的路上，四周異常安靜，我們誰也沒有說話，就這麼沉默了一路。

抵達目的地時，我才發現漫漫哭了。

「對不起……我本、本來想忍住，想笑著送妳回去的……」她泣不成聲，眼淚怎麼也停不下來。

我也有些鼻酸，但我知道在這個節骨眼，有些話既不該說也不能說，畢竟誰也不知道會不會一語成讖。

「漫漫，能認識妳，和妳成爲好朋友，是我在這個世界裡經歷的最好的一件事。」我緊緊抱住漫漫，趴在她的肩頭上，用只有她聽得見的音量，小聲地說，「如果以後想起我，只會讓妳很難過，那妳就忘了我吧！我希望妳能一直開開心心的，也希望大家能發現眞實的妳有多可愛，這樣的妳值得這個世界的一切美好，也值得更多人理解後的喜愛。」

漫漫也用力地回擁我，「我才不需要大家的喜愛，妳知道眞正的我是什麼樣子就好了。」

「知道的人不只有我啊，還有鄭宇淮，他會代替我陪著妳的。」

感覺到她明顯一僵，我忍俊不禁，「就像妳一眼就看破璟翔對我的重要性，妳跟鄭宇淮之間的變化，我怎麼可能看不出來？有他陪在妳身邊，我就放心了。」

「好了，時間差不多了，你們該上樓了。」鄭宇淮出聲打斷我和漫漫的離情依依。

「我絕對不會忘記妳，我會牢牢記住我們之間的所有回憶，只要我還記得，妳就永遠存在。」說完這些話之後，漫漫輕輕地鬆開了手，臉頰上仍帶著淚痕，對我揚起笑，「可芮，再見。」

我忍了好久的眼淚，差一點點就要奪眶而出。

我們都很清楚，這不是那種「總有一天能見到面」的道別，可是她卻跟我說再見。

我不知道該說什麼，才能將我的不捨傳達給她，只能咬著唇一言不發地看著她，想用力地記住她的樣子。

「沒關係，妳什麼都不用說，我懂的。」漫漫朝我揮了揮手，「去吧，回到妳該去的地方，好好生活，要過得幸福喔。」

最後，是璟翔牽著我的手，帶我轉身，朝著樓梯口前進。

幾乎是一轉過身，我就再也控制不住情緒，淚流滿面。

眼前的畫面被我哭得模糊一片，恍惚之間，我似乎看見了獨自站在樓梯間陰影中的鐘衍恆。

我用力抹掉眼角的淚，定睛一看，發現真的是他。

鐘衍恆朝我揚唇一笑，「我想了想，還是覺得應該好好和妳道別，才不會留下遺憾。」

「就快八點了，你是想拖延時間嗎？」璟翔的臉色沉了下來，明顯是不樂意讓我和鐘衍恆有任何相處的機會。

「如果我有心不讓你帶可芮走，何必告訴她離開的時間點？」鐘衍恆斂起笑，不肯退讓，「還有十五分鐘，我只需要五分鐘就好。」

我拉了拉璟翔的手，「就五分鐘，你先上樓等我。」

璟翔抿著唇，表情很嚴肅。

我知道他不願妥協的原因，是因爲害怕。他怕我會改變主意，就這麼拋下他，不願和他回到現實世界。

「我一定會回到你的身邊，相信我。」我篤定地對他說。

璟翔深深地看了我一眼，最終還是妥協了。

「我等妳。」說完，他轉身走上樓，留給我和鐘衍恆最後的道別時間。

我知道這對璟翔來說有多不容易，所以我不會辜負他的信任，我只是想在最後送給鐘衍恆一個我力所能及的好結局。

或許這不是他渴望的Happy Ending，但可以是一個圓滿、誰也不會後悔的結束。

「其實該說的話，那天好像都說了。我今天來就只是想再見妳一面，不想讓那天成爲最後的回憶。」鐘衍恆撓了撓頭，有點靦腆地對我說。

我輕笑一聲，「後來想想，那天我好像一直哭，說的話也只有對不起，作爲最後的回憶有點糗。」

他似乎被我的笑意感染，稍稍放鬆了心情，眉眼彎彎地說：「是啊，妳不知道我最怕看到妳哭了嗎？只能看著妳哭又不能安慰妳，簡直是酷刑欸。」

我們這樣閒話家常，彷彿不像是即將再也不會見面的兩個人。

「妳覺得，等你們離開之後，這個世界會變得怎麼樣？」

「什麼？」我怔怔地問。

「雖然我叫妳要記得我，但其實我根本不知道你們離開後，我的記憶會不會又一次被改變。」鐘衍恆落寞地說。

我於心不忍，決定打破不想留有無謂希望的原則，我想在最後這一刻，讓他能笑著和我道別。

「你知道嗎？鐘衍恆這個名字其實是我取的。因爲我相信，有些事必定能成爲永恆，你就是那個永恆的象徵。」我將這個祕密留給他，作爲告別的禮物，「所以我答應你，我會盡我所能地保護這個世界，讓這裡能成爲一種永恆。」

鐘衍恆勾起嘴角，笑容一如往昔的溫暖。

不需要其他的言語，我們這一瞬的相視而笑，就足以讓對方明白自己的所思所想。

「我該走了。」我說。

「去吧，我看著妳上樓。」

我點點頭，剛側過身，就被拉進了一個懷抱裡。

「抱歉，最後就讓我任性一次吧。」鐘衍恆擁住了我，我掙扎著，卻怎麼也推不開他，「可芮，妳一定要幸福，幸福到我想後悔放妳離開都沒有機會的程度，知道嗎？雖然我剛剛說要和妳道別，但我想跟妳說的還是只有『再見』，不管任何人怎麼說，我都相信我們總有一天會再見的。」

總有一天，是世界上最溫柔的期盼，不需要問有沒有那麼一天，只要留給說的人一個念想即可。

鐘衍恆放開了手，將我推向臺階，「不要回頭，不要給我任何想留住妳的機會。」

我沒有回頭，就這麼把他留在原地，讓他看著我一步一步離開他的世界。

我不知道鐘衍恆有沒有哭，但反正我是哭了，哭得不能自已。

璟翔見到我時，什麼也沒問，只是溫柔地替我擦淚。

在他的安撫下，我漸漸平復了情緒。

現在是七點五十六分，距離故事世界的出口開啟，還有四分鐘。

「不後悔嗎？」璟翔低聲問。

「不後悔。」

雖然有不捨，但從未有過後悔。

他笑了，牽起我的手，「後悔我也還是會帶妳走。」

我也笑著斜睨了他一眼。

七點五十九分，我將允欣給我的鑰匙插入了通往天臺的門上。

「喀噠」一聲，門鎖被轉開了。

「小翔。」我輕輕地喚了一聲。

「嗯？」

璟翊握了握我的手，像是在對我說，他就在這裡。

「你確定打開這扇門，我們就能回到現實嗎？」

「我確定。」他一秒也沒有猶豫，肯定地答道。

「你怎麼那麼有把握？」

「因爲這裡是我創造的世界。」璟翊朝我投來一抹自信卻又柔和的笑，「因爲妳是這個世界存在的原因。」

八點整，我們一起推開了眼前這扇門。

映入眼底的，是像碎玻璃一樣裂開的畫面。

甦醒後，我第一眼看見的，是在病床邊緊緊牽著我的手的璟翊。

一時之間，我還有點難辨別這裡究竟是現實，還是故事裡的另一個場景。

直到感受到無比沉重的身體，以及璟翊微微加重握著我的手的力道，我才漸漸有了回到現實世界的眞實感。

我用空著的那隻手拿掉了氧氣面罩，對他綻開一抹笑容。

「我回來了。」我說。

我本以爲璟翔會溫柔地擁抱我，或是感動地哭出來，沒想到下一秒，他卻狠狠地捏了我的臉。

「躺夠了，終於知道該醒來了？」

「噢！」我拍開他的手，不滿地瞪他，「哪有人對自己的女朋友這麼壞啊？我好不容易才醒過來的，你不應該對我溫柔一點嗎？」

「那有人這樣放著自己的男朋友不管，昏迷了好幾個月還遲遲不醒嗎？」

「又不是我願……」

「妳知道我這段時間除了照顧妳，什麼都做不了也不想做嗎？」

「對不起嘛，但我也不……」

「還有叔叔、阿姨和妳姊姊，每次過來都哭得多傷心。叔叔和阿姨都因爲妳瘦了一大圈，妳也不知道適可而止，就只知道在故事裡和別人談戀愛。」

「這也不是我能……」

「萬一我沒有發現妳被困在裡面，或是沒辦法進去找妳呢？妳就要永遠待在那邊了？難道妳對這裡眞的一點留戀也沒有了嗎？」

璟翔劈頭訓了我一頓，根本不給我解釋的機會，令我十分委屈。

「你幹麼凶我……」我突然發現他的異樣。

璟翔的眼眶裡全是淚水，滿溢的情緒幾乎快要傾倒而出。

我了然於心地笑了，故意逗他：「明明就擔心我，擔心得要命，看到我終於醒來，感動得都快哭了，還故意用訓話掩飾。任璟翔，你眞的很不坦率耶。」

他一言不發，只是強忍著眼淚，倔強地不肯承認他有多彆扭。

「你過來啦。」我舉起雙手，向他撒嬌，示意他過來抱我，「我躺了這麼久，渾身都沒有力氣，你還不快點過來抱我？」

璟翔沒有應聲，只是緩緩起身，將我擁入懷中。

他的動作很輕很輕，似乎是擔心會弄痛我，直到感受到我用力回擁他，他才逐漸加重抱著我的力道。

熟悉的檸檬香氣包圍著我，是我眷戀的氣味，是我最喜歡的人啊。

「芮芮，歡迎回來。」璟翔輕輕地在我的頸邊，印上一枚吻，「謝謝妳回到我的身邊。」

他忍住了淚，可我卻沒有，我緊緊抱著他，百感交集地哭了起來。

「謝謝你沒有放棄我，把我帶回有你的世界。」我還有很多話想說，但此時此刻，就先說最重要的一句吧。

剩下的那句「我愛你」，我會等哭夠之後，再好好地告訴他。

之後，我做了無數項檢查，卻怎麼也無法查明我昏迷這麼久的原因，就連醫生都沒想到我能醒過來，直呼這簡直是奇蹟。

說來也奇怪，我因爲意識被困在故事裡，昏迷了很久，但璟翔進入故事後，明明也待了一陣子，可現實世界的時間卻流逝得很慢，才過了一天，所以也沒人發現異樣。

只有我和璟翔知曉我昏迷和清醒的眞正原因，但說出來也不會有人相信，姑且就讓這件事成爲我們之間的祕密吧。

轉到普通病房後，我很努力地復健，璟翔也一直在我身邊陪伴我、鼓勵我，日日夜夜都守著我，凡事皆親力親爲。

就我媽媽的說法，我昏迷時璟翔就一直這麼做了，還不斷叨念著要我對他好一點。

等身體復原得差不多，可以慢慢行走時，我就決定出院了。

時隔已久，終於回到我和璟翔的小家，我百感交集，難以形容此刻內心的激動。

趁著璟翔幫我放行李，我自己扶著牆，緩緩走到主臥。

這間房間，除了是臥室，同時也是璟翔的工作室。我看向他放在書桌上，早已沾上了灰塵的筆電。

「在想什麼？」

璟翔不知何時走進房間，從我身後輕輕地環住我的腰。

我轉過身抱住他，笑著說：「在想……你什麼時候才要把《予以暗夜的晨星》寫完？」

他的臉色一沉，「不寫了。」

「爲什麼？」

「妳還問爲什麼？這個故事讓我差點失去妳，我怎麼可能繼續寫。」璟翔捏了捏我的臉頰，表達不滿，「再說，我怎麼可能讓更多人看到妳紅杏出牆的證據？嗯？」

「喂，什麼叫紅杏出牆？」我抗議道，「而且，不是你說這是要送我的禮物嗎？你不能說話不算話。」

「妳就這麼捨不得那個世界？」

「那可是你寫的故事欸，身爲作者的你，怎麼可以用這麼嫌棄的口吻說它？」

我忍不住笑了出來。

「誰說作者一定會喜歡自己寫的故事？」璟翔聳了聳肩，理直氣壯地說，「所以妳爲什麼堅持要我寫完？」

「因爲，有些事只有寫下來，才會成爲永恆啊。」

我始終相信，只有文字能將瞬間化爲永恆。

我想讓故事裡的他們，在這個世界裡，以某種形式永遠存在。

「韓可芮，妳是不是眞的找死？我要把這個故事檔案從資源回收桶裡永久刪除。」

「你不要這麼小氣！」

我知道璟翔是故意這麼說的，畢竟他比誰都要了解我，他一定知道，我只不過是想以這個方式留住那個世界而已。

因爲我答應了鐘衍恆，而且我也想讓漫漫和鄭宇淮在故事裡獲得幸福。

璟翔忽然低下頭，吻住了我的唇。

良久，他才放開我，「無論如何，妳都是屬於我的。」

果然是大醋桶！

我將頭埋進他的胸膛，笑著道：「一直都是你的啊。」

「我只是有點害怕。」璟翔輕撫著我的頭髮，低聲道出他的患得患失。

我懂的，他是怕我會因爲他寫出了新的故事情節，再次穿越進去。

「你想的事情是不會發生的。」我篤定地說，「因爲那些都不是我的故事。」

《予以暗夜的晨星》本來是我們的故事沒錯，只是在我們進入那個世界之後，它開始有了自己的意識，寫出了不一樣的故事情節，角色也有了自己的意識。

「我的故事，只會與你有關。」我踮起腳尖，在璟翔耳邊低語。

璟翔的唇角勾起淺淺的笑，眉眼也頓時多了幾分溫柔繾綣。

我確信，我的每一頁故事，都只與他有關。

「對了，你還沒跟我說，爲什麼故事會叫做《予以暗夜的晨星》？」

「等完稿以後，我再慢慢跟妳說。」

故事之外的結局，我們以後慢慢說。

全文完

番外　予以妳未完的情書

從很久以前，任璟翔就意識到自己並不懂愛。

如果把愛一個人比喻成放風箏，他總是想拉緊手中的線，而風箏就會因此飛得更遠。

他也曾嘗試將線放鬆一些，可不安的感覺便會隨之而來，後來，他索性剪斷手中的線，連同風箏一起放棄。

他就是這麼極端的人，如果不能擁有全部，不如全部都不要。

不再期待擁有，意味著不再害怕失去。

在所有人眼中，他一直是彬彬有禮、溫柔可靠，脾氣和修養好得過分的人，但實際上，這只是從小家庭教育給他的約束和期許，而他又因爲愛面子，不願將負面情緒表露出來，最後，誤打誤撞營造出了這樣的形象。

他優秀而自知，不刻意隱藏鋒芒，圓滑得恰到好處，即使有妒忌投射到他身上，他也能將之轉化爲敬佩和信賴。

那怕因此需要時刻僞裝，他也不曾厭倦這樣的生活，甚至對此產生了一些優越感。

眾人喜愛著他建立出來的美好想像，有點可笑卻又令人放心，因爲這意味著，只要他一直這麼僞裝，便能繼續享受崇拜的目光，以及如同坐在高處俯視一切的感覺。

很安心，卻也很寂寞。

直到那天，有一個人闖進了他孤寂的世界。

「你這麼年輕，看上去也沒什麼病，應該要讓座給我才對。」

那天在火車上，有個莫名其妙的中年男子，無禮地指著坐在一般座上的任璟翔，試圖強迫他讓座。

如果是平時，任璟翔多半不願意和這種人爭論，可當時，他正因爲前一天被忙碌的父母遺忘生日而心情鬱悶，他突然不想再當一個乖巧懂事的模範好學生了。

「你看上去也不像是病入膏肓的樣子，我應該沒必要讓座吧？」他冷笑一聲，不屑地說。

此話一出，果然換來大叔更激進的言語。

「我坐的不是博愛座，你有什麼不滿可以叫列車長或是警察來，讓更多人看看你爲老不尊的樣子，我有的是時間陪你耗。」說這些話的同時，任璟翔隱約察覺到斜前方有一道目光直勾勾地對著他，於是他索性直視那個盯著他看的人。

視線相對的那一刻，他便認出來了，他曾在學校裡看過這個女孩。

任璟翔愣了一瞬，但很快就回過神，坦蕩地對她笑了笑。

反倒是那個留著一頭長直髮的女孩明顯慌了神，像是做了什麼虧心事似的，著急地別開目光。

她慌張的模樣令任璟翔覺得有趣。

她是誰？他又是在學校的哪裡看過她的？他不禁開始回想。

「你這猴死囝仔還敢裝死？不知道長輩在說話要專心聽嗎？」一旁的大叔謾罵個不停，打斷了任璟翔的思緒。

一再地被打擾，令任璟翔忍無可忍地回道：「你再吵，我就報警了。」

一看見他真的在手機上按了一一〇，作勢要報警的樣子，大叔立刻摸摸鼻子、閉上嘴，趁著列車正好到站，罵了幾句後便下了車。

當任璟翔再抬起頭張望時，剛才那個女孩已經不見了。

同時，他突然想起來，他在幾週前的商學院聯合活動上見過她。

後來，任璟翔看了商學院通訊錄才知道，她叫做韓可芮，是小他兩屆、隔壁企管系的學妹。

可要等到更久之後，他才會意識到這個學妹的確做了虧心事，只不過不是真的違背良心的「虧」，而是窺見的「窺」。

她窺見了，他一直藏起來的內心世界。

再次偶遇韓可芮，場景換到了捷運車廂。

任璟翔幾乎是一上捷運就看見她了，他刻意站在能用眼角餘光瞥見她的位置，低頭假裝在專心地看手機。

察覺她在偷瞄他的視線時，任璟翊的嘴角揚起了微不可察的弧度。

先前在火車上發生的事並沒有在校內流傳，也沒有任何針對他的謠言，這代表她並沒有將他眞實的模樣告訴任何人。

她不僅沒有說，也沒有來問他，反倒讓他有些意外，難道她對他一點也不感到好奇嗎？

任璟翊正琢磨著，該如何巧妙地讓韓可芮主動來找他，又或是他自己找個機會自然地和她搭話時，事情就這麼發生了。

韓可芮站出來制止車廂內的性騷擾行爲，和現行犯起了爭執。

正當任璟翊有些意外，她竟然會在沒有證據的情況下，爲一個陌生人挺身而出時，他注意到她若有若無的、看向他的目光。

這是求救，同時也是一種試探。

他本以爲韓可芮是那種熱血笨蛋，直到這時才總算明白，原來她的底牌是他。

她在賭，賭他會不會出手幫她，而此時就只差他做出選擇。

意識到她的這點心思之後，任璟翊反倒對她有些刮目相看了。

他沒多想，便決定笑納她的邀請。

「我叫韓可芮。」

事後，當她微彎著眼，臉頰上的梨渦揚著明亮的笑意，向任璟翊自我介紹時，他忽然意識到自己並不想讓這一場相識僅僅只是相識。

他想要將靠近眞實的他的機會，交到韓可芮手上。

韓可芮不是第一個抱持著好感與任璟翔相處的人，在任璟翔見過的人之中，她的心思既不是藏得最好，她接近他的方法也不是最聰明的。

她有時候大膽得令他詫異，像是在捷運車廂時的孤注一擲，有時候小心翼翼地試探著他時，弄巧成拙，讓他哭笑不得還得順著她裝沒事。

可就連他也說不上來，爲什麼她的那些小伎倆，在他眼裡會變得有些可愛。

他從不揭穿她，也不點破兩人之間的曖昧，只是放任她靠近他、了解他。

他知道，一旦韓可芮看清他的偏執、他的所有不安，就會發現他並不如她想像中的那麼好。

然而，她還是無懼一切，走到他的面前，硬是打破他圍在自己身邊的藩籬，讓他措手不及，不得不面對她以及她炙熱的心意。

「如果喜歡太過普通，那你就偏執地愛我好了。」她這麼說。

剎那間，任璟翔忽然明白了，內心那個怎麼也塡不滿的空洞，是來自於被愛的渴望。他一直都很渴望有個人能接納他的不堪、他的寂寞，即使看見了不完美的他，也能毫無保留地愛著他。

韓可芮就像是一束光，照進他這片黑夜，是一旦感受過就不可能再放手的溫度。

她能理解他的不安全感，能包容他的控制慾，即使看見他刻意掩飾的依賴和在乎，她也不曾退卻。

有時候，任璟翔甚至會想，若是這個世界只剩下他們兩人就好了。

交往多年，韓可芮陪著任璟翔一路從大學畢業，直至進入社會，開啟自己的事業。

韓可芮隨口一提要當他書中的女主角，他雖然沒有明確應允，卻一直將這件事放在心上。

他想著等故事完稿，出版成書之後，要將這部小說作爲一個驚喜，也作爲一份求婚禮物送給她。

他沒想到，韓可芮居然出了意外，陷入昏迷，更沒想到，她的意識居然穿越進他爲她而寫的故事中。

任璟翔嫉妒那個自己創造出來的角色，他拿走了他的身分，占據了他和韓可芮的回憶。

他無法眼睜睜地看著深愛的女孩滿眼都是別人，更怕她會因此再也醒不過來，因此，他將莫名衍生出來的章節全數刪除，也因此穿進了故事世界。

當他睜開眼睛時，他正作爲畢業校友在畢業典禮上致詞。

這是他寫的故事，對於內容，他當然是再清楚不過了，更何況才剛推論出韓可芮進入了故事，他很快就知道自己也穿越了。

任璟翔不清楚箇中緣由，他只知道自己是爲了韓可芮而來。他要找到她，帶著她離開這個世界。

匆匆離開禮堂後，任璟翔在走廊上碰到了他心心念念的人。他強忍住想一把抱住韓可芮的衝動，試探性地叫住她，卻只見到了她困惑的神情。

「妳……怎麼在這裡？」任璟翔不知道該說什麼才能喚醒她，張嘴說的話也詞不達意。

韓可芮愣了一下，「我在等我男朋友。」

任璟翔見她忽然揚起明媚的笑，看向他的後方。

他順著她的視線回頭，接著看見她奔向一個男生。

那個男生牽起了她的手，而她笑得無比幸福。

任璟翔嫉妒得快要瘋了。他想不管不顧地走過去將兩人分開，可卻動彈不得，也發不出聲音叫住韓可芮，只能看著他們牽著手一起離開。

下一秒，他便回到了現實世界。

電腦上的時間只過去了一分鐘，周遭的一切都沒有任何變化，只有他陷入了深深的恐懼裡。

萬一韓可芮永遠都醒不過來怎麼辦？

他再也看不到她爲他綻放的笑容，而她會就這麼被困在他創造出來的世界裡，和另一個人在他無法觸及的地方，享受著與他無關的幸福。

任璟翔萬萬沒想到，他爲她準備的禮物，變成了一份詛咒。

他絕不允許這種事情發生。他要喚醒故事裡的她，把她帶回現實，就算得爲此毀掉那裡，他也在所不惜。

如果只刪除莫名衍生出來的章節，沒辦法喚醒韓可芮，那他就把整個故事內容都刪除。

任璟翔一秒也沒有猶豫，點擊滑鼠右鍵，刪除故事原稿。

他的行爲，成功地讓他再一次進入故事中，可他沒料到的是，原稿檔案消失，使他連帶忘了來時的初衷。

任璟翔在故事裡生活了好一陣子，他忘記了現實，忘記了韓可芮，甚至也忘記了本來的自己。

直到某一天，他在學校的走廊上和韓可芮擦肩而過時，一陣突然湧上心頭的疼痛，以及無法控制的淚滴，讓他瞬間想起了被他遺忘的所有事情。

接下來，一切發生得很快。

著急的任璟翔攔住了韓可芮，試著想向她說明一切，深怕再晚一步，他的記憶又會消失。

然而，「這裡不是眞的現實」的說法，嚇壞了韓可芮，接著前一次穿越時，任璟翔見到的那個男生又出現了，他將她護在身後，喝止任璟翔的靠近。

任璟翔知道，自己又慢了一步。

那個男生應該就是他以自己爲原型，創造出來的故事中的男主角，鐘衍恆。

他的出現也意味著，故事裡的男女主角已經開始上演並非由他所寫下的情節了。

任璟翔又一次被無形的力量趕出故事世界。

雪上加霜的是，他醒來後接到了醫院的通知，韓可芮高燒不退，情況很危急。

他著急地趕到醫院，日夜守在她的病床邊，拚命祈禱她能平安度過這一關。

任璟翔猜測，是他的話影響了故事中的韓可芮，韓可芮的意識受到巨大的刺激，才會連帶導致她的身體狀況極度不穩定。

他有時候會想，是不是讓韓可芮留在故事世界裡也好，至少她能好好活著，那怕是以這樣的形式。

可是，感受過溫暖的人，又怎麼能忍受回到冰冷的世界呢？

任璟翔不願放棄，決定再賭一把，就算她從此醒不過來，那他也要到她的所在之處。

因爲，只有韓可芮的身邊，才是屬於他的世界。

任璟翔重新回想了一遍，前兩次穿越的觸發點，以及穿越後經歷的事。

第一次，他刪掉了新增的章節，使他進入故事，可惜時間和身分不對。

第二次，他刪除了整個稿件，又一次進入故事，卻忘記了自己的眞實身分和來意。

既然怎麼刪都不對，那就只能以修改的方式，寫出他要的條件，改變整個故事的軌跡。

任璟翔改寫了大綱，將鐘衍恆喜歡的人改成了楚漫晰，又新增了以自己爲名的角色，在人物設定上費了功夫，確保自己若是再次穿越，能記得所有事。最後，他寫下回到現實世界的方法，好讓他能帶著韓可芮一起回來。

改完大綱的刹那，任璟翔如願地被帶進了故事世界。

他隱隱有種感覺，這是最後一次機會了，他說什麼都必須成功。

萬一……眞的有那種萬一，他也會陪著韓可芮留在這裡，絕不會獨自回去。

幸好，一開始，所有的事情幾乎都如同新版大綱所寫的那樣發展，除了韓可芮的記憶以外。

一聽說韓可芮在班上掀起的波瀾，被同學排擠，任璟翔立刻明白，大綱的改寫影響了所有人，唯獨沒有改變她的記憶。

他雖然心疼，卻也有些病態地想著，這是個讓她只能依靠他的好機會。

或許，想念本來就是偏執的。

任璟翔以一個溫柔可靠的學長形象靠近韓可芮，趁著她孤立無援時取得她的信任和依賴。

她不知道，所有看似偶然的事件，都是他反覆計算、設計而成的情節。

他牢記大綱裡寫到的每個細節，在特定時間點照著故事發展行動，算準時機讓韓可芮目睹特定場景，讓她誤以爲身爲作者的他能操控故事世界。

同時，他也藉此及時出現在她的身邊，在她最傷心時予以安慰，試著讓她更加需要自己。

聽見她訴說對鐘衍恆的愛意時，他妒忌得快要發狂，他很想緊緊抱住她，不許她看向其他人，可他清楚時機未到。

任璟翔謹記著前一次的經驗，知道不能直接將眞相告訴韓可芮，而是要用別種方式讓她慢慢想起來。

他布下了一個局，讓她知道這個世界只是個故事，以爲自己是故事裡的角色，再用作者的身分循序漸進地引導她發現眞相。

儘管告訴自己要慢慢來，不能過度刺激韓可芮，可任璟翔還是會時不時在某一些瞬間失態。

他私心將兩人的交往紀念日設爲找到原稿的關鍵提示，可看到她怎麼也想不起二月二十三這一天所代表的意義時，他還是有些控制不住自己，耗費了好大的力氣，才忍住想質問她的衝動。

她說她永遠不會忘記的，可是她不僅忘記了自己的感情，甚至連他也忘得一乾二淨。

眼看他們待在故事世界裡的時間一天天地增加，任璟翔感受到的焦慮和壓力也日益倍增。

爲了催化韓可芮恢復記憶的可能性，他不得不利用她的好奇心，以自己的故事爲誘餌，將她困在社團辦公室裡。

他的本意是讓自己當那個救她出來的人，試圖藉著吊橋效應使她想起更多和自己有關的事，就算不能，至少他也能趁機搏取她更多的信賴及好感。

他百般算計，就是沒料到韓可芮竟然會因此受傷。

她明明是他最想保護的人，但他卻成爲傷害她的人。

懷揣著一切祕密的任璟翔，其實比誰都要痛苦。

他唾棄不得不傷害韓可芮的自己，擔心她卻又不能將她擁入懷中，還得笑著看她心裡盡是除了他以外的人，甚至得鼓勵她追求那份與他無關的幸福。

害怕她無法恢復記憶，也怕他來不及喚醒她，現實中的她就撐不下去了，更怕她即使想起他，還是決定選擇另一個人。

任璟翔終於明白，原來這就是他深愛一個人時的模樣，即使煎熬也說什麼都不會放手，就算疼痛也因爲那個人甘之如飴。

他以爲自己並不懂愛，可他其實早已做到了韓可芮說的那樣，偏執地愛著她。

《予以暗夜的晨星》

序章　予以妳未完的情書

致，我的芮芮：

這本書寫了很久，可以說是費時最久才完成的一部作品。

久到妳差一點就忘記我，久到我差一點就失去妳。

但幸好，我找回了妳，也完結了故事。

妳說過想被我寫進書裡，想讓我們之間以某種方式永遠留存。

雖然我假裝不感興趣，但其實妳知道的，我比誰都希望能永遠留住「我們」。

妳曾經問，爲什麼這個故事叫做《予以暗夜的晨星》？

我從沒正面回答過妳，想待妳翻到這一頁時，再揭曉答案。

因爲妳就是我的晨星，照亮了我身後的這片黑暗。

是上帝賜予我，最珍貴的祝福。

如果妳問我，這個故事到底是關於什麼？

我想告訴妳，這個故事是關於我愛妳。

是我想送給妳，一紙永遠不會完結的情書。

由這本書的讀者作證，餘生漫漫，妳就是我的結局。

所以，現在換我問妳了，芮芮。

妳願意嫁給我，和我一起續寫往後的每一頁篇章嗎？

番外　妳在我的世界

韓可芮離開的那一晚很安靜，靜得彷彿一切如常，毫無改變。

鐘衍恆低頭看著手機上的時間，現在是八點零一分。

他沒有哭，平靜地走出陰暗的樓梯間，瞧見站在外頭的鄭宇淮和楚漫晰。

「怎麼了？」鐘衍恆雙手插進褲袋中，看似滿不在乎地朝他們笑了笑。

「還好嗎？」鄭宇淮問。

兩人自幼相識，鐘衍恆是怎麼想的，鄭宇淮不可能不知道，他只是想給他一個開口的機會。

「怎麼可能會好？」鐘衍恆答道，但臉上的神情依舊平靜。

他見一旁的楚漫晰抽抽噎噎地哭著，忽然有點羨慕她可以這麼直接地表達情緒。

儘管心中的酸楚十分濃郁，鐘衍恆卻哭不出來。

「他們……離、離開了嗎？」楚漫晰哽咽地問。

「嗯。」鐘衍恆簡單地回答後，朝著後校門的方向走去。

離開。

他不喜歡這個詞。

轉身之前，他看見鄭宇淮伸出手，輕輕環住哭得更慘了的楚漫晰。

眞好，能坦蕩地表達喜歡眞好。

愛的人還在身邊眞好。

鐘衍恆打從心底替好友感到開心，可對比之下的傷感和寂寞也是眞實存在的，所以，他選擇安靜地轉身離去。

那一晚，鐘衍恆失眠了。

他無法控制不斷湧上心頭的回憶，覺得自己像被困在一場只爲他播映的悲情電影之中，他只能這麼看著、想著，什麼也做不了。

她好嗎？在另一個世界，有平安地甦醒過來嗎？

還記得這個世界發生的事，還保有對他的記憶嗎？

既然他現在還能有意識地思考這些，應該也就意味著他們順利回去了吧。

鐘衍恆想起那一雙堅決的眼眸，他知道無論發生什麼事，那個人都會保護好韓可芮，沒有他擔心的必要，更沒有他介入的餘地。

打從一開始，他就沒有勝算。

在恢復記憶以前，鐘衍恆就很不喜歡任璟翔看向韓可芮的眼神，有眼睛的人都看得出來那其中藏著愛意，以及任璟翔根本沒打算隱瞞的占有慾，只有韓可芮傻呼呼地以爲，那是人很好的學長的善意。

任璟翔看鐘衍恆的神情，總是帶著敵意和輕蔑，和傳言中溫柔、溫和的形象完全搭不上邊。

後來，鐘衍恆找回了記憶，也知曉了所有眞相，才明白這是爲什麼。

原來，他只是任璟翔在這個世界的分身，是代替任璟翔愛護、照顧韓可芮的存在。

鐘衍恆不禁開始思考，這是否就是他對韓可芮一見鍾情的原因？因爲他存在的目的，就是爲了喜歡上她。

雖然他告訴韓可芮，他的心意是出自於自己，並非受作者影響，但只有他知道，他其實是想藉由看似堅定的話語，說服她也說服自己。

鐘衍恆的內心深處，時不時還是會迷茫，不知道自己對韓可芮的感情，究竟是不是眞實的，有沒有可能，他重新喜歡上韓可芮，不過是另一個設定？

儘管鄭宇淮和楚漫晰不斷地開導他，韓可芮也對他訴說了溫暖的話語，但他還是會因此感到失落。

因爲他是任璟翔創造出來的角色，他對韓可芮的喜歡，永遠慢了一步。

天快要破曉了，鐘衍恆起身走向窗邊，想呼吸一下新鮮空氣，順便看看風能否吹散心中的鬱結。

然而，在他打開窗的那一刻，他突然看見天邊有一顆異常明亮的星星，閃爍了片刻後，便像流星一樣自天空墜落。

鐘衍恆眨了眨眼睛，以爲自己看錯了。

叮咚！

這時，床上的手機突然傳來收到訊息的提示音。

現在才幾點？怎麼會有人傳訊息給他？鐘衍恆困惑地想。

一解鎖手機，點開通知欄，他便愣住了，甚至險些讓手機掉到地上。

他顫抖著手，將訊息點開。

那是一張日出前的照片，天色未明，能隱約看見一顆星的亮光。

「你看！是晨星耶！」

傳訊息的人，是韓可芮。

她昨晚不是已經回到自己的世界了嗎？爲什麼……

叮咚！叮咚叮咚叮咚！

一連串的訊息提示音出現之後，映入鐘衍恆眼裡的，是數則來自韓可芮的訊息。

「對不起！我睡過頭了，今天會晚五分鐘到喔。」

「我知道就算叫你先進教室，你也不會聽，但至少別站在校門口等，會被老師罵，去對面的早餐店等我吧！我今天想吃玉米蛋餅。」

「你怎麼都沒看訊息？睡過頭了嗎？」

再來，是一串被取消的語音通話撥打紀錄，可他的手機沒有響，根本沒有給他接聽的機會。

霎時間，鐘衍恆懂了。

這些，是他和眾人失去記憶的那天，也是故事重啟的那天，韓可芮傳給他的訊息。

是他來不及看到的，遲來的訊息。

終於，鐘衍恆再也忍不住了，失聲痛哭。

太殘忍了。爲什麼要讓他在此時此刻看到這些？

既然他什麼也做不了，什麼也抓不住，爲什麼要把他當時未能收到的訊息還給他？

屬於他們的故事已經消失了，屬於他的韓可芮已經不在了，看到這些又有何用？

他想，他剛才看到的，或許就是當初錯過的那一顆晨星。

而屬於他的那一顆星球，也已經墜落了。

鐘衍恆覺得自己可能瘋了，才會一早便拎著一盒玉米蛋餅，像個傻子似地站在校門口等了半小時。

即使老師經過了幾次，告訴他要是再不進教室就要記他警告，他也充耳不聞。

直到早自習結束的鐘聲響了，鐘衍恆才總算死了心，把早餐扔進一旁的垃圾桶，垂頭喪氣地走進教室。

一整天，鐘衍恆如同行屍走肉，感覺自己的心空了一塊，卻不知該怎麼填上那個空缺。

打掃時間，他背靠著走廊邊的欄杆發呆。

在他不經意地抬頭之際，竟然看見了意想不到的畫面——韓可芮和一個陌生的女同學，有說有笑地走了過去。

他瞪大雙眼，無比震驚，下意識就要追上去攔住她。

「等等！」有一隻手忽然拉住了他。

鐘衍恆回過頭，發現拉著他的人是楚漫晰，而鄭宇淮則站在她身邊。

「妳拉著我幹麼？妳知道那個人是……」

「我知道，那個人是可芮。」楚漫晰冷靜地對他說，「但她不是我們認識的那個可芮。」

「什麼意思？她就是可芮啊！我怎麼可能認錯？」鐘衍恆一邊說，一邊撥開她的手，想追上去。

「阿恆，你沒有發現周遭的異樣嗎？」鄭宇淮伸手指了指頭頂上的教室班級牌，「我們現在是高一，不是高二，這不是我們熟知的時間線。」

鐘衍恆順著他指的方向抬頭，看見班級牌上寫的是「一年十一班」，不是他熟悉的「二年五班」。

鐘衍恆一整天都滿腹心事，根本沒注意到周遭的情況。

「難道我們回到了過去？」鐘衍恆忽然燃起一絲期待。

楚漫晰有些於心不忍，但還是決定不給他無謂的希望，「是，但我覺得不是你想的那樣。我觀察了一天，那個女生並不是我們記憶中的可芮，我想她應該是這個故事中本來的可芮。」

「我猜，應該是韓可芮和任璟翔的離開改變了故事世界，所以我們回到了原本的時間線。」鄭宇淮在一旁補充。

他說了「離開」二字，再度刺中鐘衍恆的心。

「什麼叫原本的時間線？」鐘衍恆咬著牙問道，儘管他心中已有了答案，他還是自虐地想聽他們說出來。

或許，痛久了就麻痺了。

「韓可芮進入這個世界之前的時間線。」鄭宇淮懂他，所以他開口答道。

「雖然我懂你想表達的意思，但我不喜歡用『原本的時間線』形容可芮來到這裡之前的事。」楚漫晰一臉失落地說，「是從她進入這個世界之後，我才有了自己的想法，我的世界才因此有了色彩。對我來說，『原本』這個詞指的是我們一起經歷的一切。」

鐘衍恆一言不發，在心裡默默附和她的想法。

鄭宇淮知道她有多難過，因此沒有反駁，「看來，只有我們記得原本的一切。」

「我很高興，至少我還記得。」楚漫晰說著說著，眼眶又盈滿了淚水。她很慶幸自己還記得和韓可芮相處的點點滴滴，無論如何，她都會永遠活在她的心中。

鄭宇淮將雙手輕輕覆在楚漫晰的肩頭上，安撫她的情緒，「走吧，快打鐘了，我陪妳回教室。」

儘管楚漫晰對此有些羞赧，但她一點也不排斥他的觸碰，甚至覺得他的溫度令她很是心安。

她相信，韓可芮若是看到這一幕，一定會爲她找到能陪伴她，讓她敞開心扉的人而開心的。

如果現在發生的一切，有機會透過小說傳遞給現實世界的韓可芮，那她想讓韓可芮見到她過得很幸福的樣子。

這或許也是一種「再見」的方式吧？楚漫晰眼中含著淚，努力揚起微笑，在心底對自己這麼說。

跟鄭宇淮、楚漫晰聊過之後，鐘衍恆默默地觀察了「韓可芮」幾天。

她和他第一段記憶中的模樣相差不大，同樣的乖巧、溫順，開朗卻不吵鬧，跟他思念的那個人很像。

他有時候甚至會自暴自棄地想，既然他只是故事裡的一個角色，眼前的這個女孩也是，或許兩個提線木偶相互依偎，也可以感到溫暖。

他留不住他想留住的那個人，但至少他可以留住故事裡的她。

這是不是也算是一個好的結局？

某一天放學，鐘衍恆鬼使神差地跟著「韓可芮」上了同一班火車。

「住、住手好嗎？」

「妳幹麼！」

「車廂裡又不擠，你爲什麼要貼她貼得這麼近？看不出來她很不舒服嗎？」

聽到了熟悉的對話，鐘衍恆回過神，立刻明白現在是什麼情況。

他經歷過，所以他很清楚地知道，待會即將發生什麼事。

韓可芮制止了車廂裡，對羅允欣伸出魔爪的變態，卻被變態反過來指控她在誣賴他，接下來，她會裝出有錄影存證的樣子，而他則會對她動粗……

鐘衍恆算準了時間，出手替韓可芮擺平了變態，指揮車廂裡的路人通知車長，就像上次一樣。

然而，和上次不同的是，羅允欣沒有逃走，而是留下來和他們一起去了車長室，向警察訴說來龍去脈。

在韓可芮去廁所的空檔，鐘衍恆忍不住瞥向安靜地站在車長室外的羅允欣。

他總覺得哪裡不對勁，卻不知從何問起。

「別看了。」羅允欣直視前方，平靜地開口，「你會這麼看我，就代表你也不是第一次經歷這件事。」

鐘衍恆一愣，聽懂了她的話。

羅允欣跟他、鄭宇淮、楚漫晰一樣，都保有完整的記憶。是因爲他們都曾經幫助韓可芮離開故事世界？還是因爲他們是韓可芮和這個世界最深的連結？

「我知道她不是我熟知的韓可芮，韓可芮應該是去了很遙遠的地方，畢竟離開的鑰匙是我親手交給她的……」她停頓了一會，深吸一口氣，才接著說，「但既然故事重新開始了，這一次我會好好地跟她做朋友。」

「妳是想讓眼前的韓可芮，取代妳熟知的韓可芮？」鐘衍恆有些不悅地問。

「不是取代。」羅允欣淡淡一笑，「我只是想改寫我的故事，也想改變自己。」

聞言，他無法說出任何指責的話。

羅允欣離開後，鐘衍恆陷入了複雜的情緒之中。他明白她的想法，也懂面對遺憾卻無能爲力的感受，但他還是無法接受她的做法。

儘管她說這不是取代，但藉由另一個人，彌補自己過去的遺憾，這樣的做法是正確的嗎？這麼做，心裡的缺憾就能夠消失嗎？

想起羅允欣方才看著「韓可芮」的表情，鐘衍恆忍不住想，如果他像她一樣，試著認識現在的韓可芮，讓一切重新開始，未來的某一天，他是不是也能露出心滿意足的笑容？

「我知道之前是我造成了你的困擾，你可能因此很討厭我，但你可不可以給我一次機會？好好地認識我是怎麼樣的人。」

「我是喜歡你沒錯，但我不會爲了這份喜歡做出傷害他人的事，我的喜歡沒有那麼卑劣。」

鐘衍恆想起那個總是努力將悲傷和失落藏起來，對他揚起笑容的女孩。

雖然不是出於自願，但他還是傷害了她。

因爲我忘不掉——當時，她的眼裡閃爍著淚花，這麼對他說。

是啊，現在的他也是這樣。輾轉反側了好多個夜晚，心痛得無以復加，不知道怎麼樣才能痊癒，他仍舊忘不掉。

而且，他也不想忘掉。

鐘衍恆來到月臺邊，看見正在等車的「韓可芮」。

他知道只要他走向前，對她說出那些他早已說過的臺詞，他就能走進她的世界，重新擁有韓可芮。

她和他一樣，都是屬於這個世界的人，她不會離開，這次也不會有任何力量使他們忘記彼此……

可是，她不是她。

他喜歡的，是原本的韓可芮。

沒有人能取代她，他也不會讓任何人取代她。

鐘衍恆彎了彎嘴角，輕輕地笑了。

誰說他只是故事裡的一個角色，只是作者的投射呢？

只要他跟隨心之所向，做出不同於故事大綱的決定，就意味著他只是他自己，不是任何人的替代品，不受任何人操控。

他不會讓他和韓可芮之間的回憶被覆蓋，只有這樣才能證明她來過他的世界。

鐘衍恆向後退了一步，選擇不搭乘這一班列車，默默離開。

走出車站時，他抬頭看向天空。

今晚的雲層很厚，夜空漆黑一片，幾乎看不見星星，唯一明亮的只有那一彎明月。

但是沒關係，他早已看過最美的晨星了，他會永遠把她放在心底。

她會一直在他的世界裡。

後記　人生在世，都是在書寫故事

「發生過的事不可能忘記，只是暫時想不起來而已。」

這句話出自於動畫《神隱少女》中的錢婆婆，是我很喜歡的一句話。

在寫稿的過程中，我一直在思考自己到底打算透過這個故事傳達什麼樣的想法。

這次和過往的幾部作品不同，我沒有在一開始就想好一個故事理念，只是專注地想把這個故事寫出來。

一開始，我想要寫一個突然發現自己只是小說角色的女主角，她的生活因爲作者改寫了故事而徹底被顚覆，下定決心要讓男朋友重新想起自己，並找出作者的身分，奪回人生的主控權的故事。

至此，男主角都還是那一位男朋友，而作者的眞實身分就是看似溫柔的男二。

按照設定，無論重來幾次，男、女主角都會想方設法讓彼此想起兩人之間的感情，最後作者也決定放手，成全他們。

但突然有一天，我腦中冒出了一個問題：爲什麼故事的作者要這樣從中使絆子呢？只是因爲有趣嗎？

（結果最有事的其實是我，在故事中創造出一位作者，還要問他在想什麼XDD）

所以我又寫了一版男二路線的結局，並訪問了文友，問她們覺得哪一版比較有意思？

但其實也不用多問，我當時已經男二病大爆發，每天都覺得「男二好可憐嗚嗚嗚，我必須要讓他上位」。

於是，在我的任性決定下，大家最後看到的這個版本就這麼誕生了。

看到這裡，如果有站錯邊的讀者寶寶，應該會覺得安慰許多吧（？），你們的選擇並沒有錯！有錯的是我病入膏肓的男二病！

咳咳，讓我們言歸正傳。

我原本苦惱了很久，要如何說服自己、說服讀者，爲什麼韓可芮最後選擇了任璟翔，而不是鐘衍恆。

想著想著，我豁然開朗，爲什麼非得要有一個理由呢？

對於韓可芮來說，這整個故事的感情線，是她想起被她遺忘的，對任璟翔的感情。

在《予以暗夜的晨星》的故事世界裡，若是沒有任璟翔，她就會照著故事設定，喜歡任璟翔以自己爲原型創造的鐘衍恆，可一旦任璟翔出現，她就會被他吸引。

在這個作品裡，我想強調的是愛過的痕跡不會輕易消失。

就像後記開頭我引述的那句話一樣，韓可芮只是暫時想不起來她對任璟翔的感情而已。

在她進入故事之後，現實中的記憶就被上了鎖，進入休眠狀態。直到碰上任璟翔，被他吸引，又被不斷閃現的現實回憶刺激，她塵封的愛意才慢慢甦醒，進而找回被她遺忘的眞相。

至於鐘衍恆的感情，我想傳達的是，原本的他就像一個程式，被故事作者（任璟翔）以自己的情感寫入了會喜歡上韓可芮的設定（才會有在火車上的一見鍾情），後來又被改寫爲喜歡上楚漫晰的設定。

鐘衍恆特別的地方是在於他突破了這樣的設定，有了自己的想法，喜歡上韓可芮，也想起了他愛過韓可芮的記憶。

所以韓可芮才會覺得她對任璟翔，就像鐘衍恆對她，他們都忘記了自己過往的感情，可又在相處中想起了一切。

我承認，這一切對鐘衍恆來說，超級不公平。

他從一開始就不可能會贏，只要有任璟翔的存在，他的感情就注定要被辜負。

再加上他是故事角色的身分，他和韓可芮並不處於同一個世界，他在起跑點就已經輸了。

雖然也沒有人規定穿書的人非得回到現實世界，但我覺得鐘衍恆不是那種會強留下韓可芮的人。就算沒有任璟翔，他只要知道她眞實的人生不在這裡，還是會希望她能夠在另一個世界好好活著。

寫到這裡，忽然覺得鐘衍恆怎麼也這麼可憐QQ，這個故事唯一的反派是我吧！

但是！你們先別急著心疼鐘衍恆，我要來講可憐到被我扶正的任璟翔了！

我常常覺得，「記得」有時候是一種懲罰。

遺忘的人不會感到痛苦，可是記得的人只能一直記著，無法忘記也意味著不可能釋懷。

任璟翔是自始至終唯一知曉一切的人，所以他才是最痛苦的那個人。

他經歷了兩次穿越後的失敗，獨自扛著擔憂、壓力，在一個不屬於自己的世界裡想辦法冷靜下來，找出拯救心愛之人的方法。

自己寫出來的故事，成了困住愛人的囹圄，他該有多難受？

光是想到這一點，我就無法不為他感到心痛，那怕他最後獲得了一個美好的結局，我依然覺得對他有所虧欠，嗚嗚嗚。

藉著後記，也想跟大家解密書名《被你遺落的篇章》背後的含義～

雖然看起來像是在說被鐘衍恆忘記的，他跟韓可芮之間相戀的回憶，但書名上的「你」指的其實是韓可芮，實際上被遺忘的是與任璟翔有關的記憶，以及她並不屬於這個世界的眞相。

然後，不知道大家有沒有發現？

因為男主角是作家的關係，我這次在故事中埋了很多我覺得很有趣的小彩蛋！

像是寫好的大綱自己變成完整的故事（絕對是每個作者的夢想！），還有只在意反轉、不在意邏輯的作者，應該會被編輯或是讀者罵XD。

還有任璟翔第三次穿越是靠著修改大綱才成功，就是想告訴大家，改故事不可以亂刪情節，或是直接刪掉檔案，而是要從大綱改起啊哈哈哈。

雖然我不曾替這個故事定下一個想傳遞的理念，但還是在創作的過程中，找到了我很喜歡的答案。

鄭宇淮對韓可芮說「人生在世，本來就是在書寫故事，只要是審慎思考後做的決定，那就是出自於自己，是妳的選擇寫下了故事的走向」。

我想把這段話送給你們。

我不相信有什麼事是注定好的，人生的每一種後果，多半都是自己的選擇造就的。

選擇帶來了失去，選擇也給予了獲得，是每一個選擇堆疊出了人生的篇章。

當然，有選擇就會有後悔，但只要在下一次選擇時改變就好了。

因爲寫過的痕跡無法輕易擦去，回首讀過的每一頁才會格外的精彩。

有喜有悲，有高潮迭起，這才是人生啊。

謝謝我的責編啟樺，這部謎題和反轉多過於感情戲的作品，對我來說是一次小小的挑戰，但每一次從妳那邊得到回饋就會特別有動力，也謝謝妳總是耐心傾聽我的意見，支持我的任性想法，最高興的是我們又一起完成了一部作品！

謝謝我的文友落桑，每當我陷入自我懷疑時，妳總會給我滿滿的正能量，就算想偷懶也會爲了鼓勵我陪著我一起寫稿，只要妳覺得好，我就會覺得自己是最棒的。

最後，還是要把最大的一份感謝獻給我的讀者們。

創作使我快樂，卻也時常讓我感到不安，因此在非出版宣傳期的時候，我很容易會想躲起來，逃避可能被遺忘的恐懼。

但總有一些人時不時透過私訊告訴我，他們喜歡我的作品，喜愛我創造出來的角色，期待我的新故事。

謝謝你們總會拉住我，成爲那一顆予以暗夜的晨星。

我還有好多故事想要說給你們聽，這些尚未完成的篇章，我們以後慢慢說。

紫稀

國家圖書館出版品預行編目資料

被你遺落的篇章／紫稀著. -- 初版. -- 臺北市：POPO原創出版，城邦原創股份有限公司出版：英屬蓋曼群島商家庭傳媒股份有限公司城邦分公司發行, 2025.03
面；　公分. --
ISBN 978-626-7455-87-6（平裝）

863.57　　114002979

被你遺落的篇章

作　　者／紫稀
責任編輯／鄭啟樺　行銷業務／林政杰　版　　權／李婷雯
內容運營組長／李曉芳
副總經理／陳靜芬
總 經 理／黃淑貞
發 行 人／何飛鵬
法律顧問／元禾法律事務所　王子文律師
出　　版／POPO原創出版
城邦原創股份有限公司
台北市南港區昆陽街 16 號 4 樓
電話：(02) 2509-5506　傳眞：(02) 2500-1933
email：service@popo.tw
發　　行／英屬蓋曼群島商家庭傳媒股份有限公司城邦分公司
聯絡地址：台北市南港區昆陽街 16 號 8 樓
書虫客服服務專線：(02) 25007718・(02) 25007719
24小時傳眞服務：(02) 25001990・(02) 25001991
服務時間：週一至週五09:30-12:00・13:30-17:00
郵撥帳號：19863813　戶名：書虫股份有限公司
讀者服務信箱 email：service@readingclub.com.tw
城邦讀書花園網址：www.cite.com.tw
香港發行所／城邦（香港）出版集團有限公司
地址：香港九龍土瓜灣土瓜灣道86號順聯工業大廈6樓A室
email：hkcite@biznetvigator.com
電話：(852) 25086231　傳眞：(852) 25789337
馬新發行所／城邦（馬新）出版集團 Cité(M)Sdn. Bhd.
41, Jalan Radin Anum, Bandar Baru Sri Petaling,
57000 Kuala Lumpur, Malaysia.
電話：(603) 90563833　傳眞：(603) 90576622
email：services@cite.my

封面設計／也津
電腦排版／游淑萍
印　　刷／漾格科技股份有限公司
經 銷 商／聯合發行股份有限公司
電話：(02)2917-8022　傳眞：(02)2911-0053

■ 2025 年3月初版
Printed in Taiwan

定價／330元

ISBN　978-626-7455-87-6

POPO原創出版 www.popo.tw
城邦讀書花園 www.cite.com.tw